後宮の百花輪❸

瀬那和章

双葉文庫

目次

後宮の百花輪③

登場人物

明羽《めいう》……芙蓉宮・來梨の侍女。飛鳥拳の使い手で〝声詠み〟の能力を持つ。

莉來梨《りらいり》……北狼州代表。引き籠り癖のある芙蓉宮の貴妃。

小夏《シャオシイ》……芙蓉宮・來梨の侍女。明羽の同僚。

万星沙《まんシンシャ》……東鳳州代表。知性あふれる黄金宮の貴妃。

陶玉蘭《とうぎょくらん》……西鹿州代表。絶世の美妃と名高い翡翠宮の貴妃。

幽灰麗《ゆうはいれい》……皇領代表。溥天廟の巫女であった水晶宮の貴妃。

蓮葉《れんよう》……華信国皇后。琥珀宮に住まう。

寿馨《じゅけい》……華信国皇太后。先帝・万飛の生母。

白眉《はくび》……小さな翡翠の佩玉。〝声詠み〟の力で明羽と話せる相棒。

李鷗《りおう》……宮城内の不正を取り締まる秩宗部の長、秩宗尉。

烈舜《れっしゅん》……帝都を守る禁軍を指揮する右将軍。

燕雷《えんらい》……禁軍の兵士。烈舜より命を受け、李鷗と明羽を守るため行動を共にする。

宗伯《そうはく》……北狼州張家の当主。前任の秩宗尉で李鷗の元上官。

呂順《りょじゅん》……宗伯の長男。

栄貝《えいがい》……宗伯の次男。

雪蛾《せつが》……北狼州墨家の当主・雪衛の生母。幼い雪衛の代わりに政治を取り仕切る。

兎閣《とかく》……華信国皇帝。

第一話　後宮の怪鳥

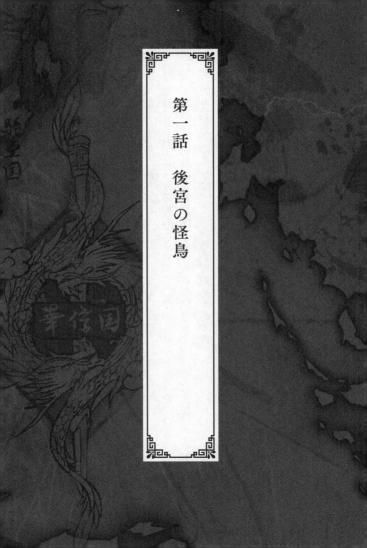

天窓から降り注ぐ光が、室内を明るく照らしていた。

部屋の中には、見渡す限りに木々が生い茂り、色とりどりの花を付けている。

木々の間を、赤や黄や青の鮮やかな鳥たちが、澄んだ鳴き声を上げて飛び交っていた。

「やはり、ここに来ると落ち着くわ」

皇后・蓮葉《れんよう》は、お気に入りの場所を見渡して、うっとりとした声を上げる。

齢《よわい》は三十。華信《かしん》の伝統的な美女像である細い目に真っすぐ通った鼻筋。その美貌には、長きにわたり後宮を取り仕切ってきた厳《おごそ》かな迫力があった。

蓮葉がいるのは、住まいである琥珀《こはく》宮の奥にひっそりと佇む、八角殿《はっかくでん》と名付けられた舎殿だった。

その名の通り八角の形の室内には花木が植えられた大鉢が並び、鸚哥《いんこ》、文鳥、錦華《きんか》鳥《ちょう》など国中から集めた珍しい鳥たちが飼われている。

野生では同じところに生息することのない鳥たちが、互いに呼び合うように鳴き声を上げる様子は、さながら鳥の楽園をこの世に生み出したかのようだった。

八角殿は、歴代皇后の中でも倹約家で知られる蓮葉が、金に糸目を付けずに造った唯一のものだ。だが、屋内で鳥を飼っていることは、信頼のおける妃嬪《ひひん》や皇族数名にしか知らせていない。蓮葉にとって数少ない、心を穏やかにして過ごせる場所だった。

皇后が右手を差し出すと、背後に控えていた侍女長が、網籠より剪定鋏《せんていばさみ》を取り出して渡す。

八角殿の木々の世話には専用の庭師を雇っているが、時間が空いた時にやってきて自ら手入れをするのが蓮葉の楽しみであった。慣れた手つきで、無造作に伸びていた百日紅《さるすべり》の花を剪定していく。

百日紅は成長が早く、根本からすぐに新しい枝を生やすため、頻繁《ひんぱん》に手入れをしなければ美しい樹形を保つのが難しい。

「百花輪《ひやっかりん》の儀も、少しずつ動き出したわね。孔雀妃《くじゃくひ》の落花は残念だったけれど、あの陰謀を企てた貴妃は素晴らしかった」

剪定を続けながら、蓮葉は背後に控える侍女長に話しかける。

「芙蓉《ふよう》妃が、孔雀妃を皇墓に葬《ほうむ》ったのも見事だった」

「皇后さま、嬉しそうですね」

「嬉しい、とは違うわね。私の代わりに重荷を背負う貴妃たちが頭角を現してくれたことに安堵《あんど》しているの」

蓮葉は、普段の厳しい表情とはまるで違う、穏やかな微笑を浮かべる。

「それに、あの方の力が、日に日に弱まっているのも気持ちがいいわ」

あの方、とは皇太后のことだ。

先々帝の代より後宮の支配者として三十年にわたり君臨してきた女性だった。先帝・万飛《まんひ》の生母であり、先帝が崩御《ほうぎょ》した後も後宮に居座り続けている。蓮葉は入内《じゅだい》してから徐々に後宮内での権力を広げたが、未だ宦官《かんがん》たちを含む約半数に皇太后の息がかかっていた。

だが、その権力にも陰りが見えている。

理由の一つは百花輪の儀だ。これにより現皇帝の妃嬪たちは全員がいずれかの貴妃の派閥に入り、宮城での噂も百花輪の貴妃たちが独占している。百花輪の儀の布告を皇帝へ願い出た、蓮葉の狙い通りであった。

もう一つは、皇帝が皇太后の支援者への弾劾《だんがい》を強めていることだ。

皇帝の動きが活発になった背景には、落花した紅花《ホンファ》が復権され皇墓に葬られたことをきっかけに、南虎州《なんこ》から皇家への服従が示され皇帝の地位が盤石になったことが大きかった。もはや、皇帝・兎閣《とかく》に証を持って迫られれば、逃れることができる貴族などいない。

「陛下は、私に後宮で十年耐えて欲しいと言われた。少し時間がかかったけれど、もうすぐ兎閣さまの理想とされる宮城の姿ができあがる。私の役目も終わりでしょう」

懐かしむように微笑みながら、下向きに伸びていた枝を剪定する。

蓮葉は、皇帝に愛され皇后になったわけではなかった。皇帝・兎閣とは幼い頃から共に育ち、互いに性格も能力も熟知していた。華信の平和を共に支える同志として乞われて皇后になったのだ。

「寂しいことを、おっしゃらないでください。私はいつまでも、この後宮で蓮葉さまにお仕えしたく思います」

「嬉しいことを言ってくれるわね。でも、私はもう、それを望んでいない」

皇后は目尻を緩めた。鳥たちの鳴き声は、蓮葉の耳に、日ごろの鬱憤《うつぷん》をすべて洗い流してくれる祝福のように届いた。

近くで文鳥たちの鳴き声が聞こえる。

祝福の音色に、騒々しい足音が紛れる。侍女が、慌てた様子で部屋に入ってきた。

蓮葉の許しを得て、耳にしたばかりの情報を口にする。

「皇太后さまが、朝礼を始めると布告を出されたそうです。それも、この琥珀宮で行われているのと同じ日時に」

「まったく、あの方は、どれだけ嫌がらせをすれば気がすむのかしら。困った人ね」

そう呟くと、丁寧に剪定していた百日紅の枝を、思い切り根本から切り落とす。

「けれどこれは、あの方が焦っている証でもある。あと、もう少しよ」

鋏を侍女長に返す。長年にわたって皇后に仕えていた侍女長は、指示がなくとも主がなにを望んでいるか理解していた。鋏と交換に、鳥の餌《えさ》が入った小袋を渡す。

一羽の鸚哥が、ふいと飛んできて蓮葉の肩に止まった。体は淡い青で、羽は青と白のまだら模様になっている。華信よりも西の国々にしかいない希少な小鳥だった。

蓮葉は取り出した玉蜀黍《とうもろこし》の実を手の平にのせて鳥に差し出す。すっかり人に慣れた鸚哥は、その美しい指先に舞い降りると、直に餌を啄《ついば》んだ。

「私の望みが、なんだかわかる？」

鸚哥を見つめながら、蓮葉が問う。

「皇后さまはいつでも、この国の安寧《あんねい》を一番に願っておいでです」

「そうね。でも、それは次の皇后に譲るわ――私の一番の望みは、後宮を出て、この子たちの世話をしながらゆっくりと暮らすことよ」

蓮葉は玉蜀黍の実をさらにのせる。辺りで様子見をしていた赤や黄の鸚哥もその腕に舞い降りてきた。絶世の美女が色とりどりの小鳥を腕にのせて目を細める姿は、一枚の絵になりそうなほど美しかった。

日が高くなり、天窓から差し込む日差しが強くなる。

それは、壁に囲まれた後宮にも、夏の盛りがやってきたのを感じさせた。

◆◇◆◇◆

明羽《めいう》は、芙蓉宮へと続く道を、汗を拭いながら歩いていた。

慣れない暑さのせいか、長い距離を歩いたせいか、鎧《よろい》でも着ているように体が重い。

気の強そうな眼差しに真一文字に結ばれた口元。もとより無愛想に見られる顔立ちだったが、暑さのせいでいつにも増して不機嫌そうだった。

ようやく芙蓉宮に辿り着くと、出迎えてくれた同僚に思わず愚痴《ぐち》をこぼす。

「帝都の夏がこんなに暑いとは、知らなかったよ」

「本当に。焚火《たきび》でもしているみたいですの」

同僚の小夏《シャオシイ》は、奥の井戸から汲んできた水を差しだしながら、同じようにうんざりした声で答えた。

まだあどけなさを残す人懐っこい容貌、背が低いことも合わさって幼く見られることが多いが、実際は北狼州《ほくろう》でも特に豪雪地域として知られる留端《るたん》の狩人一族の娘で、芯の強さと逞《たくま》しさを持つ少女だった。

「來梨《らいり》さまは？」

「庭で、弓の稽古《けいこ》をされています」

その返答に、明羽は思わず苦笑いを浮かべた。

このところ、芙蓉宮の主である來梨は、弓の稽古を日課としていた。

弓は孔雀妃・紅花から、死ぬ間際に託されたものであり、その弓を使いこなすことで紅花と過ごした日々を近くに留めておこうとしているようだった。

だが、せっかく庭園の隅に稽古場を設け、毎日のように訓練しているというのに、弓の腕はまったく上達しない。矢を見当はずれの方向に飛ばしては、飛燕《ひえん》宮から手伝いにきている女官たちに陰で笑われていた。

「それで、どうでしたの。初めて帝都を自由に歩いてみた感想は?」

「いやぁ。さすが帝都、すっごい人だったよ」

「寧々《ねいねい》さまにお勧めいただいた、金華楼《きんかろう》の胡麻団子は食べましたか?」

「食べた食べた。美味《おい》しかった。どうやったらあんなに生地を薄くできるんだろうね。あ、帝劇の前も通ったよ。噂通りの綺麗な建物だった」

「一度、観にいってみたいですの」

それから二人はしばらく、初めて見た帝都の街並みについて盛り上がった。

明羽は、侍女として後宮入りしたとき、よほどのことがない限り、壁に囲われた後宮から出ることなく日々を重ねていくのだと信じて疑っていなかった。

だが、後宮の外へ出ることが許されないのは、妃だけであった。皇帝への貞操を確実なものとするための処置であり、侍女はその対象ではない。

それどころか、侍女には、後宮の外で貴妃の名代を務めるという役割もあった。文のやり取りで済ますことができない相談事などは、貴妃の名代となり、商家や貴族の邸宅に出向いて差配するのだ。

外出するには内侍部に申請する必要があるが、正当な理由があれば最長十日までは許可が下りる。但し、期日内に後宮に戻らなかった場合は、その侍女は二度と後宮内に入ることは許されない。

その制度を利用し、明羽と小夏の二人は、主の命を受けそれぞれ日を変えて、一人ずつ帝都を見にいったのだった。

「……それで、成果はありましたか？」

帝都の話で一通り盛り上がった後、小夏が尋ねる。

二人が帝都を見回った目的は、観光のためではなかった。

「ううん。先に小夏が帝都を見回った時に教えてくれたのと同じだよ」

明羽は申し訳なさそうに首を振り、小夏はため息をついて天井を見上げる。

二人の侍女が帝都を見回ることになったのは、遡《さかのぼ》ること十日前、二人の主である來梨妃の発案がきっかけだった。

南虎州の貴妃・紅花が百花輪の儀による争いの中で命を落とし、その葬儀が行われてから、來梨は引き籠りがちな日々を送っていた。

百花輪の儀とは、一領四州より代表となる貴妃を後宮に迎え、皇帝よりもっとも寵《ちょう》愛《あい》を受けた一人が百花皇妃となり、次期皇后に選ばれるという儀式だ。

だが、それは陰陽思想における陽の側面でしかない。

それぞれの貴妃が持てる財力や知略を用い、三人のみと決められた侍女の命を賭《か》け札にして、華信の後宮を束ねる皇后に相応《ふさわ》しい人物が誰かを蟲毒《こどく》のように競い合わせる陰の側面もあった。

百花輪の儀は、国中の注目の的であり、後宮の女官たちは常にどの貴妃が選ばれるかを噂している。

現在、もっとも百花皇妃に近いと言われているのが、東鳳《とうほう》州の貴妃・万《まん》星沙《シンシャ》と、西鹿《せいか》州の貴妃・陶玉蘭《とうぎょくらん》だ。

明羽たちの主でもある北狼州の貴妃・莉《り》來梨は、四貴妃の中でもっとも百花皇妃から遠く、負け皇妃というあだ名さえつけられる始末だった。

侍女の明羽から見ても、來梨は他の貴妃に比べて資質を欠いていた。能天気で怠惰《たいだ》で臆病《おくびょう》で引き籠り癖のあるどうしようもない主だ。けれど、仕えているうちに、呆れるほど素直で明け透けなくせに、妙に人の心に聡いことも気づいた。この主が皇后になったのなら、後宮は大きく変わりそうな予感もあった。

後宮に来たばかりのころ、來梨が引き籠るのは、目の前の現実から逃げ出すためだった。けれど最近は、考え事をするときや、覚悟を決めるときにも引き籠っている。

そして、その悩みに答えが出ると、だいたい無茶な思いつきを口にするのだった。

「明羽、小夏、聞いて欲しいことがあるの」

十日前、部屋から出てきた來梨がそう宣言した時も、明羽には面倒ごとを頼まれる予感があった。

二人の侍女は広間に集められ、相談を受けた。

「やっと、この芙蓉宮がこの先、どうすべきかわかったのよ」

來梨は、晴れ晴れとした表情をしていた。

整った鼻梁《びりょう》に丸く柔らかな瞳、白くきめ細かい肌が健康そうな美しさを際立たせている。今日は芙蓉宮の外に出るつもりはないらしく、美しい栗色の髪をまとめて肩にかけて流しているのが、ほのかな色気を醸《かも》し出《だ》していた。

「紅花さまの葬儀の時に、皇帝陛下からお声をかけられた。そのとき、百花皇妃を選ぶために重んじるのは寵愛ではなく、国に必要とされる皇后であるか否かだと言われたわ。それに対して私は、華信国に必要とされる女になってみせると宣言したの。これは、話したわよね？」

二人の侍女は、同時に頷く。

芙蓉宮にとっては、不安材料にしかならない言葉だった。

これまでに皇帝が訪殿したときの様子から、來梨が皇帝から憎からず思われているのは明らかだった。それが、芙蓉宮にとっての唯一の勝機だと感じてさえいたのだ。

「あれから、ずっと考えていたの。華信国に必要とされる女ってどういうことか」

「ご自分で口にされたんじゃないですか。それが、今回の引き籠りの原因ですか？」

「そうよ。私ね、気づいてしまったの。星沙さまは商人や貴族からの支持を集めている。玉蘭さまは後宮の妃嬪たちからもっとも支持されている。灰麗《はいれい》さまは溥天廟《ふてんびょう》とその信者から支持されているわ。でも、私は、誰にも支持されてないのよ」

明羽と小夏は、示し合わせたように顔を見合わせる。

その視線は互いに同じ言葉を発していた。

今さら、気づいたのですか。

二人の侍女が飲み込んだ言葉に気づかず、來梨は得意げに話を続ける。

「そこで思ったの。まだこの帝都には、誰を支持するか明確に決めていない大きな勢力があるでしょう」

「……ほとんどの勢力は、どの貴妃につくか立場を明確にしたように思いますが」

「宮城の中じゃないわ。宮城の外よ。つまり――帝都の民よ。民に求められることが、もっとも華信国に必要とされる貴妃の証だと思うの」

「なるほど。それは、これまで考えていませんでしたの」

小夏は感心したように口にする。明羽も同じ気持ちだったけれど、民の声が百花輪の儀にどの程度の影響を与えるかは想像できなかった。

「正直に言うと、私は邯尾《かんび》にいたとき、民のことなんてほとんど考えなかったわ。莉家の落ちこぼれだとか、出涸らしだとか、引き籠りの姫だとか、民に噂を流されることはあったけれど、直に関わることはなかったし、お父さまもお母さまもそれを望まれてなかった。だから――民がどう暮らしているかも、民にどう思われるかも興味なかった。けれど、今は違うわ」

明羽は莉家で初めて出会ったときを思い出す。確かに、民のことなどまるで考えていない怠惰で臆病で引き籠りがちな姫だった。

「華信の国の民は、兎閣さまの民でもある。あの方がもっとも愛し、守ろうと誓っている人々よ。私、民のことをもっと知りたい。民からもっとも皇后に相応しいと支持される貴妃を目指すわ」

栗色の瞳が、いつになく力強い輝きを放っていた。

その宣言には、納得できる部分はあった。

けれど、それと同時に、とっておきの面倒ごとが降ってくるような予感を覚えた。

「具体的にどのようなことをなさるのですか？」

「そんなこと、知らないわ」

「え……今日まで、それを悩まれていたのではないのですか？」

「悩んでいたのは、華信国に必要とされる女とはなにかってことよ。民に支持される方法なんて、考えて思いつくわけがないでしょう。私、帝都を歩いたこともないのよ」

啞然《あぜん》とする二人の侍女を見て、來梨は慌てて取り繕うように続ける。

「でも、いいことを聞いたの。後宮に入った妃は礼祭などの特別な時しか外には出られない。けれど、侍女は、外出許可を貰えば外に出ることができるのよ」

芙蓉妃は、上から羽織っていた長衣《ちょうい》の裾をばさりと翻しながら告げた。

「明羽、小夏――帝都に行って、民が望んでいることを調べてきて」

こうして二人の侍女は、帝都を見て回ることになったのだった。

◆◇◆◇◆

明羽が帝都から戻ってきた日の夕刻、芙蓉宮の広間には、來梨と二人の侍女、それから芙蓉宮の派閥に入った唯一の妃嬪である第十三妃・寧々とその侍女が集まっていた。

六人が囲む机には、月餅《げっぺい》や麻花《マーホア》のような手軽につまめる菓子と香ばしい匂いを漂わせる白茶が並べられ、帝都の土産話を楽しむような雰囲気だった。

「さぁ、聞かせてちょうだい」

來梨が、色恋の噂話を期待している女官のように目を輝かせながら告げる。

「あの、期待されているところ申し訳ありませんが、楽しいお話はありません」

明羽はそう前置きして、帝都で見聞きしたことを告げた。

百花輪の儀は、帝都の市井《しせい》の誰もがあいさつ代わりの話題にするような注目行事であった。そのため帝都に来たばかりだと言えば、誰でも気軽に話を聞かせてくれた。

百花皇妃に近いのは誰かと問うと、一番が星沙、次いで玉蘭、灰麗だった。來梨が皇后に選ばれると考える者は一人もおらず、口にすると笑われる始末だった。

人気だけでいえば、玉蘭を推す声が多かった。天女と称される美しさは、帝都の民の心も捉えていた。娘たちはこぞって玉蘭の化粧や被服を真似し、似顔絵は飛ぶように売れるという。そしてこちらも、もっとも人気のないのは來梨だった。

元々、なんの取り得もなく、七芸品評会《しちげいひんぴょうかい》で白蛇を殺した事件を除いては話題になることもない。美しくはあるが国中から美女の集まる後宮では抜きんでているわけではなく、限られた資産でやりくりをしている服や装飾が注目されることもない。

なにより致命的な理由は、來梨以外の貴妃たちは、全員が帝都に対して貢献を行っていたのだ。

黄金宮《おうごんきゅう》は傷んでいた街道の整備を行い、翡翠宮《ひすいきゅう》は帝都に不足していた学び舎や治療院を新造していた。灰麗は、帝都内に点在する溥天を祀《まつ》る廟に多額の寄付を行い、古くなった門扉《もんぴ》や御堂《みどう》の修繕を行っていた。

つまり、來梨が引き籠りの末に思いついた、帝都に貢献して民の人気を得るなどという策は、他の貴妃はとっくに実行に移していた。しかも、いずれも大金が投じられており、芙蓉宮では対抗できないことばかりだ。

「なんてこと。それって、つまり」

「はい。もう手遅れだということです。残念ながら」

「來梨さまの人気がないのも頷けますの。芙蓉宮だけ、なにもしていないのですから。北狼の貴妃は金がないのか、民に興味がないのか、どちらだと笑われていましたの」

「……そんな。よい案が浮かんだと、思ったのに」

來梨は打ちのめされたようにぎゅっと拳を握る。

「ただ、手段がなにもないわけではありません。他宮の貴妃たちがやっていないことがあります。正確に言えば――他宮の貴妃が目に留めなかった人々がいるのです」

それはおそらく、明日の食べ物にも困るような貧しい暮らしを経験した、明羽や小夏だから気づいたことだった。

「星沙さまが整備したのは、帝都の中央通りから各門へと続く豪商や貴族たちが使う街道です。玉蘭さまが建てた学び舎や治療院は、平民かそれより上流階級しか入ることができません。灰麗さまの寄進はすべて溥天を信仰する人々にのみ貢献するものです。ですが――帝都には、もっと貧しく、本当に困っている人たちがいます。その人たちに手を差し伸べた貴妃はいません」

明羽は目を閉じ、華やかな帝都の中で目にした陰と陽を思い出す。


初めて帝都を歩いた明羽は、その賑やかな街並みに圧倒されていた。

華信国は、大陸の六割を国土に持つ覇権国家であり、帝都・永京《えいきょう》はその中心だ。北狼州の地方都市しか目にしたことのなかった明羽にとって、別世界に迷い込んだように驚く光景ばかりだった。

通りの両脇を大きな商家が埋める中央通り、一年かけても回り切れないほどの酒楼が並ぶ飲食街。路肩には屋台が並び、角を曲がるたび国中から集められた郷土料理の香りが鼻をくすぐる。何も考えずに歩き回るだけで、天下一と名高い帝国劇場や、歴代皇帝が戦勝祈願を行った龍の神殿といった名所が次から次へと現れた。

どこにいっても肩がぶつかるほど大勢の人で賑わっており、北狼では見たことのない豪奢《ごうしゃ》で洗練された着こなしの貴人や商人も多く目にした。

明羽は暑さも忘れて、自由気ままに歩き回り、來梨から渡された軍資金で屋台や食堂をはしごしながら、大勢の人に百花輪の儀にまつわる話を聞いた。

そこで、來梨が民から圧倒的に不人気で、帝都への貢献もできていないと知ったのだった。

そうやって過ごしているうちに、帝都は華やかなだけの街ではないことにも気づいた。いたる所に襤褸《ぼろ》を纏《まと》った子供たちがおり、莫蓙《ござ》を敷いて座っている人々が目に留まった。路頭に迷い街角で肩を寄せ合って蹲《うずくま》る家族の姿も目にした。美しい服を纏った帝都の民たちは、彼らが見えていないように通り過ぎていく。

賑わう通りから路地へ曲がると、今にも崩れそうな建物が並んだ街が現れた。淀んだ水の臭いが漂《ただよ》ってくる。それは、明羽が故郷の村で嗅《か》いでいたものだった。

明羽は、いつも腰にぶら下げている佩玉《はいぎょく》に手を伸ばす。

佩玉には眠り狐が彫り込まれた翡翠の玉がついており、触れると頭の中に声が響いた。

『流浪《るろう》の民、だよ。僕が帝都にいた時よりも、ずっと増えているみたいだけどね』

明羽には〝声詠《こえよ》み〟と名付けた力があった。

長年使用されてきた道具に触れることで、そこに宿る声を聞くことができる。もっとも、伝統ある後宮でも、話ができるほどはっきりと意思が宿っている道具はそう多くない。

白眉《はくび》は、幼い頃に明羽の母親が北狼州の古物店で買い与えてくれたもので、会話ができる数少ない道具の一つだった。

『流浪の民は、越境禁令を破って帝都に住み着いた人々のことだよ。彼らは帝都の至る所に貧民街と呼ばれる街を作って暮らしている』

越境禁令とは、民が勝手に州を跨《また》いだ移動をしてはならないという決まりだった。それに基づき、各州でも郡や町ごとの移動を禁じる法を定めている。

白眉は、これまで明羽の元にやってくるより前に、三人の持ち主の手に渡ってきた。その三人は、いずれも華信国の歴史に名を残すような偉人ばかりだった。

最初の持ち主は華信国の黎明期に律令《りつりょう》の基礎を作ったといわれる学者・真卿《しんけい》であり、二人目は真卿の娘にして華信国二代皇帝に寵愛されたという皇妃・翠汐《すいせき》。三人目は優れた武術家で国中を巡り世直しの旅をした英雄・王武《おうぶ》だった。ひと昔前の知識ではあるが、帝都や華信国について深い造詣を持っている。

「こんなにもたくさんの人が、越境禁令を破って帝都にいるの？」

『明羽、君ならわかるはずだよ。華信国には今も昔も、貧しい地域があり、明日の食べ物もないような人々がいる。貧しさに苦しみ、疫病や紛争によって住む場所を失い、帝都に一縷《いちる》の望みをかけて長い旅をしてきたんだ』

帝都にいけば仕事がある、飯が食べられる、成り上がった者がいる。そういう噂は、明羽の住む邯尾の村にも溢れていた。

「確かに、私だって、後宮の侍女に選ばれなかったら、いずれは帝都を目指したかもしれない」

『まぁ、罪を犯して故郷を追われた人も大勢いるだろうけどね』

「宮城はどうして放置しているの？」

『あまりにも数が多いからだよ。刑門部《けいもんぶ》が取り締まっても、次々にやってくる。捕らえても懲罰金を払える者はいない、禁固《きんこ》の罰を与えるにもお金がかかる』

明羽の問いに、白眉は歴代統治者の苦労を代弁するようなうんざりした声で答える。

『それだけじゃない。華やかな帝都を保つには、彼らが必要でもあるんだ。貧民街は治安が悪いけど、流浪の民の多くは真面目で勤勉な人々なんだよ。この街には、目に見えない仕事がたくさんある。彼らが、見えない仕事を安価で引き受けるからこそ、貴族や商家たちは儲《もう》け、民たちは華やかな日々を送れる』

明羽は、帝都の賑わいに浮かれていた自分が、ひどく滑稽《こっけい》に思えた。目の前に広がる賑わいを否定するように、相棒の容赦ない声が頭に響く。

『流浪の民は帝都には本来いてはならない者たちだから、不当に安い賃金だろうと働くし、帝都の民がやりたがらない仕事も引き受ける。最早、彼らなしには帝都は今の繁栄《はんえい》を維持できないと言ってもいい』

「……まるで、陰と陽だね」

『その通りだよ。灰麗さまはともかく、星沙さまや玉蘭さまが流浪の民に手を差し伸べないのは、それが貴族や商家の利を害するからという理由が大きいだろうね。貴族や商家の支援を取り付けるために、あえて見ぬ振りをしているんだ』

明羽は、帝都の華やいだ街と後宮を重ねた。

後宮の主役は妃たちだ。妃の美しく華やかな暮らしのために多くの人々が尽くしている。朝早く起きて食事を作り床を磨《みが》く女官たち、花木を整える庭師たち、寝ずに警邏《けいら》を行う衛士《えし》たち。侍女は妃の願いをかなえるために駆けずり回り、時には命を賭けて守る。

帝都にとっては、それが流浪の民なのだろう。

明羽が帝都で見聞きしてきたことを聞いた來梨は、侍女たちが予想していた通りのことを口にした。

「……そんなの、放っておけないわ」

來梨は、机に手をついて立ち上がる。

「この広い帝都で、そんな暮らしをしている人々がいるなんて知らなかったわ。なんとか、できないの」

「お言葉ですが來梨さま。放っておけないと言っても、いったいどうするのです？」

それまで黙って侍女たちの話を聞いていた寧々が、これ以上は黙っていられないといった様子で口を開く。

歳は二十頃。瑞々しい輝きの黒瞳に元気のよさそうな太い眉。右目の下には泣き黒子《ぼくろ》があり不思議と視線を引き寄せる。

群青に花紋の刺繍《ししゅう》が施された襦裙《じゅくん》、銀の簪《かんざし》に珊瑚《さんご》の首飾り、いずれも見事な品で來梨の身に着けている装飾と比べても見劣りはなかった。

「それは……今から考えるわ」

「食事でも施《ほどこ》しますか？　どれだけの民がいるかご存じですか？　一時的な施しなど意味はありませんよ。今日腹が満ちても、明日には腹が減るのが人間にございます」

「それも、今から考えるの」

「流浪の民のためになにかを行ったとして、百花皇妃に選ばれるための支えにはなりません。それどころか、貴族や商家からはさらに支援を望めなくなりますよ」

「それも、わかってるわ」

いつもは噂好きでお喋り好きの寧々だが、今日は、誤った道に進まぬように諫《いさ》めるのが自分の役割とばかりに真剣だった。

助けを求めるように、來梨は侍女たちに視線を向ける。

「えっと、明羽はどう思う？」

「私は、ありだと思います」

「明羽、あなたまでなにを言ってるの。憐れみのつもり？」

「そうではありません。寧々さまは、百花輪の儀には効果はないとおっしゃいましたが、少なくとも貴妃が流浪の民のために行動を起こせば、話題にはなると思います。今は來梨さまの名前は噂にも上らないので、名前を広めるには良いかもしれません」

口ではそう答えたものの、その判断に私心が混じっているのは事実だった。

帝都の路地裏で目にした襤褸を纏った子供たちを思い出す。

同じような子供たちが、あとどれほどいるのだろう。

それは同情よりも、共感に近い感情だった。自分だって、後宮の侍女に選ばれなければ、同じような日々を送り続けていたのだ。

「私もいいと思いますの」

隣に座っていた小夏も、同意する。

「私も病気のせいで故郷から出てきた身の上です。運よく芙蓉宮の侍女になれましたが、一歩間違えば越境禁令を破って帝都に流れ着いていたでしょう。放っておけませんの」

「そうね、そうよ。皇帝陛下は、帝都や皇領《こうりよう》の郡主ではないわ。華信国の国主よ。華信に住まうすべての民が、皇帝陛下の民よ。帝都に救いを求めてやってきた人を見捨てるのなら、間違っているのは律令の方よ」

二人の侍女の賛同を得て、來梨の声に再び火が灯る。

だが、また寧々の言葉が水を掛けた。

「來梨さま、一番大きな問題をお忘れのようです。この芙蓉宮には、流浪の民のためになにかをするほどの余裕がございますか？」

それは、当然ながら二人の侍女もわかっていた。他妃が行った帝都への貢献に、いったいどれだけの金がかかっただろう。少なくとも芙蓉宮に賄《まかな》えるものでないことは確かだった。

「それは……それも、今から考えるわ」

來梨の声は、消える直前の残り火のように小さくなっていた。

芙蓉宮の広間に、重たい沈黙が広まる。

「まずは、目先のことを心配しましょう。そういえば、明日の朝礼は、皇后さまと皇太后さま、どちらの朝礼に行かれるかお決めになったのですか？」

寧々が新しい風を吹き込み、無理やり部屋の空気を入れ替えるように告げる。

新たに取り出した話題は、三日前より後宮を騒がせているものだった。

妃たちを慌てふためかせている事態に、來梨は意外にも落ち着いて答える。

「それなら、とっくに決まってるわ」

三日前、皇太后が朝礼を開始するため参殿するようにと通達があった。

その日時は、皇后・蓮葉が行っている朝礼と重なっていた。

◆◇◆◇◆

舎殿には水音が響き渡っていた。

琥珀宮の庭園には小川が造られ、夏の熱気に包まれた広間に、ささやかな涼を運んでくる。

來梨の背後に続いて、朝礼が開かれる広間に入った明羽は、芙蓉宮の庭にも水が引けないものかと真剣に頭を巡らせた。

朝礼は、皇后・蓮葉が主催する集会だった。

開かれるのは七日に一度、皇妃と妃嬪が集まり、伝達事項や後宮が抱える問題についての話し合いが行われる。百花輪の貴妃たちは自らの派閥の妃嬪を引き連れて参上することが常だった。

來梨の後ろに続くのは、十三妃・寧々のみ。

広間には先に東鳳州の貴妃、万星沙がいた。背後には、黄金宮に仕える三人の侍女と、五人の妃嬪が連なっている。

その顔触れを見て、明羽はまた勢力図が動いたことを知った。

前回の朝礼では、星沙の派閥に入っていた妃嬪は七人だった。二人が、別の貴妃の下に動いたということだ。

「あら、芙蓉妃はこちらに来たの。賢明ですわね」

星沙は、広間に入ってきた來梨に、無垢《むく》な笑みで話しかける。

けれど、その笑みの裏には剣山のような棘《とげ》が隠されていることを、芙蓉宮の三人はよく知っていた。

齢は十六、目鼻立ちは美しく整っているが、ツンと尖った顎《あご》のせいか生意気そうな印象を受ける。頭上で左右に輪を描くように結い上げられた髱《たぶさ》が、幼さを残す容貌によく似合っていた。

身に纏うのは光を弾くような上質の絹に金糸で波濤紋様《はとうもんよう》を描いた長衣、袖から覗く細い手首には、黄金の腕輪が幾重にも重ねられている。髪を留める簪には美しい七宝が柳のように垂れ、細やかな所作に合わせてさらさらと音を立てた。

「……それでは、玉蘭さまは鳳凰宮《ほうおう》へ行かれたということですか？」

「今、ここにいないということは、そういうことでしょう。あの怪物の力を利用できるとでも思っているのかしら」

星沙は黄金を纏った手で口元を隠しながら笑う。

「皇太后さまは、なぜ、まったく同じ日時で朝礼を開かれたのでしょう？」

「百花輪の儀に関わる気になった。それより他になにがあるというの」

わかりきったこと、と呆れた表情で答える。

皇后が朝礼を始めたのは、皇太后を蚊帳《かや》の外に置き、百花輪の儀に関わるのを牽制《けんせい》するのが目的だった。まったく同じ日時に朝礼を始め、貴妃にどちらに来るかを選ばせる、その意図は考えるまでもないほど明白だ。

「私もあなたも皇后さまを選んだのだから、嫌がらせをされないように気をつけないといけないわ」

「私は、先にお誘いを受けた方を選んだだけです」

「まさか、そのような言い訳が通じる方だと本気で思っているわけではないでしょう？」

星沙の背後では、派閥の妃嬪たちが不安そうな表情をしていた。

その様子を見て、明羽は、星沙の派閥から二人の妃嬪が離れた理由を察する。おそらく、皇太后の報復を恐れて、玉蘭につくことを選んだのだろう。

「ここまで、百花輪にはあまり興味のないご様子だったのに――なぜ、今なのでしょう」

來梨の問いかけとも自問ともとれるような呟きに、黄金妃はわずかに目を細める。

けれど、広間に朝礼の主催者である皇后・蓮葉が現れたため、その返答を聞くことはなかった。

「皇后さま、本日もごきげん麗しく、お慶《よろこ》び申し上げます」

貴妃たちが声に出して挨拶し、背後に控える妃嬪たちが頭を下げて一揖《いちゆう》する。

「水晶《すいしょう》妃からは、今日も体調が悪いから休むと連絡があった。さぁ、朝礼を始めるわ」

蓮葉は洗練された仕草で、広間の奥の椅子に腰かける。

皇后が座る椅子の向かいには、貴妃たちの椅子が並べられている。明羽たち侍女は貴妃のすぐ傍に控えるようにしゃがみ、妃嬪たちは貴妃の背後で立ったまま話を聞くのが仕来りだった。

蓮葉は、玉蘭がいないことには触れなかった。それは、玉蘭は鳳凰宮で開かれている朝礼に向かったという星沙の言葉を裏付ける。

朝礼はいつものように淡々と進む。

夏季に予定されている祭礼や行事の説明があり、後宮内で花が見ごろになった庭園について情報交換がされ、後宮を囲む外壁に修繕が必要な箇所がないか検査が行われることが告げられる。検査の際には、工用部の技士が壁の上に登るため、舎殿が覗かれている可能性があると注意喚起があった。

その報せに、來梨がわずかに身じろぎする。最近暑さにかまけて服装に気をつかわず、舎殿の中では薄手の上衣だけでくつろいでいるのを思い出したからだろう。

朝礼では、皇太后や玉蘭の名前は一度も上がらず、誰もがそれに気づかないように振る舞っている。ただ一人、來梨だけが居心地悪そうにしていた。

「それからもう一つ。もうじき、帝都では建国を祝う祭りが開かれるのは知っているわね」

八月十二日。初代皇帝・黎明《れいめい》帝が、前王朝であった凱《がい》帝国を滅ぼし、華信国の建国を宣言した日であり、記念日とされていた。初代皇帝が愛した銀器花《ぎんきばな》の名を借りて、銀器祭とも呼ばれている。

「諸外国からたくさんの使節団が来るのだけれど、毎年、後宮ではささやかな祝いの宴をするだけでした」

銀器祭のことは、明羽が帝都を見にいった時にも、市井で話題になっていた。

諸外国からやってきた使節団が皇帝に面会し、祝辞を告げる。それはただの祭事ではなく、年に一度の同盟の確認の儀式でもあった。

使節団には、各国の大店の商人や選りすぐりの芸術家が同行する。商人たちはここぞとばかりに新たな商談を行い、劇場では次々に珍しい興行がかけられる。帝都の民にとっては、建国の祝いだけでなく、諸外国から新しいものや珍しいものが押し寄せる祭りでもあった。

「今年は陛下にお願いし、諸外国の使節団の中から芸術家や料理人を後宮にも呼ぶことにしたの。せっかくのお祝いですもの、私たちも歌や料理を楽しみましょう」

いつもなら、妃嬪たちが湧き立ちそうな話題だった。

けれど今日は、ささやかに近くの者たちと感想を交わし合うだけだった。

「素晴らしいですわ。銀器祭の使節団には、普段は華信と交流の少ない国もあります。万家の商いでも、とても期待している行事ですわ。きっと、面白いものがたくさん見られるでしょう」

「黄金妃、あなたが言うのであれば、期待できるわね」

星沙だけが、皇后の提案を盛り上げるように声を上げる。それも朝礼の雰囲気を変えるまでには及ばなかった。

「さて、今日の朝礼の連絡事項はこれで終わりよ。他に、なにか取り上げたい議題がある者はいるかしら？」

蓮葉は話を振るが、広間は静まり返ったままだった。

このまま何事もなく朝礼が終わるかと思われたが、最後に蓮葉は、ふと思いついたような口ぶりで付け足す。

「あぁ、そう。言い忘れていたわ。この度、刑門部の要職を歴任していた、江家《こう》の当主とその弟君が役職を退き隠居なさるそうよ」

先程の銀器祭の話題よりも大きなざわめきが、広間に広がる。

江家は、先々帝に重用され権力を拡大した名家だった。重用された背景には、当時皇后であった皇太后・寿馨《じゅけい》の暗躍があったとされ、その恩義から江家は皇太后を支える有力派閥の一つとなっていると噂されていた。

江家が取り除かれたのは、時代の移り変わりを象徴するかのような事件であった。

「皇帝陛下は、さらに皇太后さまの力を削ぐことに力を入れている。江家は始まりに過ぎない。あの方にかつての力はなく、もはや恐れる必要もない。過去に囚われて、誰に付くかを見誤らないようにすることね」

蓮葉の口調は、壁の検査や銀器祭の宴を告げる声と変わらない。焦りも興奮もなく、決まりきった事実を淡々と伝えるようだった。

それゆえに、意図は明確に伝わってくる。

現在の皇后は誰か。後宮の本当の支配者は誰か。

明羽は、自らの主の選択が間違いでなかったことを知った。

◆◇◆◇◆

朝礼を終え、來梨が琥珀宮の門を潜ったところで、黄金妃に呼び止められた。

琥珀宮の門前には石畳の広場があり、中央には銀杏《いちょう》の木が植えられている。

降り注ぐ日差しを避けるように、來梨は銀杏の木陰で立ち止まった。振り向くと、星沙は無邪気な笑みを浮かべて歩み寄ってくる。

「さきほど、どうして皇太后さまが、今になって百花輪に直接関わろうとしてきたのか――そう尋ねたわね」

星沙の背後には三人の侍女、その背後には派閥の妃嬪たちが並んでいる。

「ええ。それが、いかがしました？」

「私も、気になっているの。あの方は、一度は百花輪の儀から手を引かれたのに。気まぐれ、と言ってしまえばそうかもしれないけれど――明羽、あなたはなぜだと思う？」

星沙の視線は、來梨を通り越して明羽に向けられる。明羽は、これまで〝声詠み〟の力を使っていくつもの事件を解決してきたため、他の貴妃たちから一目置かれていた。

特に黄金妃からは、かつて來梨の生家の危機を利用して、依頼を押し付けられたことがあるほどだ。

「……生憎《あいにく》、思いつきません」

明羽の不機嫌そうな顔つきは元々だが、不敬に見られたのか、背後にいる黒髪で長身の侍女長・雨林《ユーリン》が顔を顰《しか》める。

「焦っておいでなのではないでしょうか？」

年下の貴妃相手によほど勇気を振り絞ったのか、來梨が震えた声で尋ねた。

「確かに、あの方の力は確実に削がれている。けれど、まだまだ健在よ。なぜ、今なのかが気になっているの」

そこで、大勢の足音が近づいて来るのが聞こえる。

西鹿州の貴妃・玉蘭の姿があった。その背後には、派閥の妃嬪が連なっている。数は、來梨と星沙の派閥を合わせたよりも多く、前回の朝礼までは星沙に付き従っていた二人の妃嬪の姿もその中にあった。

來梨と星沙は、示し合わせたように会話を止める。

「これは、みなさまお揃いですね」

玉蘭の琴を弾いたような涼やかな声が響く。

明羽は、何度も顔を合わせたはずの貴妃に、思わず見惚れてしまう。

天女の生まれ変わり、絶世の美妃、彼女の美しさを表す言葉は数多《あまた》ある。美しい女たちが集められた後宮の中でも、その美貌は際立っていた。瑠璃《るり》のような瞳に桃の蕾《つぼみ》のような唇、白木蓮《はくもくれん》のような瑞々《みずみず》しい肌に白磁《はくじ》の取っ手のように滑らかな鼻筋、すべてが絶妙な均衡で組み合わされている。

身に纏うのは翡翠を思わせる鮮やかな緑色の長衣。その上から霞《かすみ》のような薄絹の披帛《ひはく》が掛けられている。頭には大振りの翡翠の玉飾りが連なり、貴妃の美しさを盛り立てていた。

「ごきげんよう、玉蘭さま。あちらの朝礼はいかがでしたか?」

星沙が屈託のない笑みで話しかけ、玉蘭も笑顔で応じる。

「皇太后さまは、とても優しくしてくださいました。私を、娘のようだとおっしゃっていただきました」

「それは、よかったですわね」

星沙は笑みを浮かべたまま、さらに一歩近寄り、耳元で囁《ささや》くように告げた。

「ご忠告いたしますわ。あなたは、皇太后さまの力を借りる気でいるのかもしれませんが——あの方には、触れない方が身のためですわ。あなたごときに扱える御方ではない」

「星沙さま、私はこれまで七度、陛下のお渡りを受けました。そして、わかったことがございます」

玉蘭は瑠璃のような瞳で、幼い貴妃を真っすぐに見つめる。

「百花輪は皇帝陛下の寵愛を奪い合う儀式。けれど、陛下は、寵愛で貴妃を選ぼうとはなされていない。華信国への利のみで選ぼうとされている――そして、紅花さまが落花された今、この国随一の富を持つあなたに敵う者はおりません」

翡翠妃・玉蘭の強みは誰もが理解していた。後宮の中でも際立つ美貌、奏楽を始めとする様々な芸術に秀でていること、清廉《せいれん》かつ包容力があり人望が厚いこと、生家の陶家は華信国建国当初より続く名家であること。

だが、そのいずれも、皇帝が望む華信の利には届かない。

「今のままでは、貴方に勝てない。西鹿を救うためなら、なににでも縋《すが》るつもりです」

二人の貴妃は、しばらく見つめ合う。

先に身を引いたのは、黄金妃だった。

「そう。猛毒とわかっていて飲むというのなら、止めはしないわ。でも、それでは私には勝てない。いい加減にして欲しいですわ――紅花さまがいなくなってから、少し退屈です」

笑顔を崩さないまま告げると、優雅な仕草で背を向けた。三人の侍女と妃嬪たちを引き連れて立ち去っていく。

「來梨さまも、私になにか言いたそうなお顔をされていますね。どうぞ、好きに罵《ののし》ってくださってかまいません。私のことが、お嫌いなのでしょう?」

玉蘭は、來梨に視線を向けて問いかける。その口調からは、星沙と話している時にはなかった、挑みかかってくるのを待つような期待が感じられた。

誰もが本当のことを口にしない後宮で、かつて、來梨は玉蘭に向けて、あなたのことが嫌いです、と告げた。そのことに対して、玉蘭は怒りよりも面白みを感じたようだった。

來梨はしばらく戸惑った後、上衣の裾を握りしめながら告げる。

「さきほどの朝礼で、皇后さまは、少し寂しそうな顔をされていました」

「それが、どうしたのですか？」

「……いえ、どう、と言うわけではありませんが。皇后さまは後宮の主ですし、私たち貴妃は、これまでお世話になってきましたので、その――」

「來梨さまは、お優しいのですね」

玉蘭は笑みを消すと、声を小さくして続ける。

「あなたも、私と同じ。このままでは星沙さまには決して勝てない。それなのに――あなたは、いったいなにをしているのですか？」

玉蘭の背後に控える侍女と妃嬪たちも、真っすぐ問い詰めるように芙蓉妃を見つめていた。

「百花輪の儀を勝ち残るつもりがないのなら、お早めに去ることをお勧めします」

「私は……私、だって」

來梨はなにか反論しようとしたが、思考がまとまらず言葉が上手く出てこないようだった。玉蘭は、その様子を期待が外れたように見つめる。

「それから、もう一つ。後宮の主が皇后さまだという意見には同意しかねます。素晴らしい方であることは知っていますが、あの方は、後宮の主と呼ぶには、正しすぎます」

玉蘭はそう告げると、一方的に話を終えて去っていった。

背後に続く妃嬪たちは全部で十一人。その行列は、玉蘭が語った焦りとは裏腹に、後宮内で彼女の影響力が増していることを見せつけた。

残された來梨は、しばらく一人で立ち尽くしていた。

明羽は、歩みよって話しかける。

「なんだか、玉蘭さま、最近すこし変わられましたね。これまでは、相手がいくら來梨さまだったとしても、あのような言い方をされることはなかったのに」

「……明羽、その言い方はさすがに來梨さまに失礼ですの」

小夏がやんわりと指摘する。普段の來梨なら、ひどい侍女たちだと笑うところだが、今は違った。

侍女たちの言葉は届かず、気落ちしているようだった。

「玉蘭さまの言う通りよ。私は、いったいなにをしているのかしら。また一人、取り残されてしまった。私は——私だって、なにかを、変えなければいけない」

「まずは、芙蓉宮に戻りましょう。ここは琥珀宮の側です。誰が話を聞いているかわからないのですから、これ以上の弱音はいけません」

寧々が気遣うように声をかける。

三人の貴妃が立ち話をしていたのは琥珀宮の門前。星沙も玉蘭も、誰かに聞かれても差しつかえないように言葉を選んでいた。けれど、今の來梨に、その余裕はなかった。

その時、だった。

琥珀宮から、甲高い悲鳴が響く。

気落ちしていた來梨も、さすがに顔を上げる。

続いて、さらにいくつかの悲鳴が続く。ただ事ではないのは明らかだった。

「明羽、小夏、いきましょう。皇后さまになにかあったらいけないわ」

來梨の言葉に、二人の侍女は頷く。

普段はうじうじと臆病な貴妃だけれど、時折、奇妙な行動力を見せることがある。明羽が先頭になり、琥珀宮の中に戻った。その後に小夏、來梨、寧々とその侍女が続く。

舎殿に延びた小径《こみち》を進んでいると、蓮葉の背後にいつも控えている年配の侍女長の姿が見えた。慌てた様子で、舎殿から庭園の方へ向かおうとしている。

芙蓉宮の面々も、侍女長の後に続く。侍女長は、すぐに來梨たちに気づいたがなにも言わなかった。それどころか、人手は多い方がいいとばかりについて来るよう目配せをする。

向かったのは、舎殿から離れた庭園の奥にある建物だった。

複雑に角ばった壁。屋根には舎殿と同じ黄色の瑠璃瓦が敷かれ、中央部分は傘のように尖っている。窓は、屋根をくりぬいたような天窓が一つあるのみで、空に向けて開け放たれていた。

噂を聞いたことがあった。琥珀宮の庭園の奥には、八角殿と呼ばれる秘密の舎殿がある。蓮葉と数名の侍女しか入ることは許されず、琥珀宮に長年通う女官たちも中を見たことはないという。

皇后・蓮葉は、開いたままの扉の前で立ち尽くしていた。侍女長は主に駆け寄って声を掛けるが、微動だにしない。

側では数人の侍女が、腰を抜かしたように座り込んでいる。

「皇后さま、いったいなにがあったのです」

來梨が声をかける。けれど、蓮葉からの返事はない。ただ、恐ろしいものを見たように青白い顔をしていた。

明羽は、八角殿の扉の向こうに視線を向ける。

目に飛び込んできたのは、血塗れで床に転がる、極彩色の鳥の群れだった。赤や黄や青、水玉に縞模様、色鮮やかな小鳥たちが、重なり合うように転がっていた。

淡い青色の羽根をあり得ない方向に曲げた文鳥、臓物を垂らしながら枝にひっかかっている鸚哥、床に散らばる色鮮やかな羽根は悪趣味な万華鏡のようだった。

「ひどい……誰が、このようなことを」

來梨が呻くように言う。それが呼び水となったのか、蓮葉の呟きも重なって聞こえた。

「……私の、鳥たち。私の楽園」

朝礼の時の威厳は感じられない、大切な人を失ったかのような震える声。おそらく、この巨大な鳥籠は、皇后にとっての宝物だったのだろう。

蓮葉は、床に転がる血塗れの鳥たちに引き寄せられるかのように八角殿に向けて足を踏み出す。

「皇后さま、中は危険です。まだ、何者かがいるかもしれません」

侍女長が止めようと、慌てて前に回り込む。

次の瞬間。

八角殿の中から、宙を裂くように影が飛び出してきた。

無残に殺された艶やかな鳥たちよりもひと周り大きな、鳥の影だった。

琥珀宮の侍女たちが悲鳴を上げる。

影は、侍女長の肩先をかすめ被服を切り裂くと、そのまま大空に舞い上がる。

明羽は影を視線で追うが、眩い太陽に邪魔され、すぐに見えなくなった。

◆◇◆◇◆

明羽たちが芙蓉宮に戻ったのは、太陽が天中に差し掛かる頃だった。

強い日差しが容赦なく照り付け、辺りを夏の熱気で包んでいる。

來梨は、昼餉《ひるげ》も取らず、庭園を眺めながら物憂げな表情で座っていた。

あれから、すぐに宦官が呼ばれ八角殿の内部を調べた。宦官たちの見解は、天窓から野鳥が侵入し、不運にも蓮葉の飼っていた小鳥たちを襲ったというものだった。

侍女長の肩は大きな怪我ではなく、刃物で薄く切られたような擦り傷を負ったのみだった。

すぐにいつもの冷静さを取り戻した蓮葉は、侍女長をいたわり、他の侍女たちに鳥たちの供養を命じた。芙蓉宮に対しては駆けつけたことへの礼を告げ、後の手伝いは不要として舎殿に戻るように指示をした。

「皇后さま、お辛そうだったわ。あの鳥たちをとても大切にされていたのよ」

來梨は、自分のことのように苦しそうな声で呟く。

視線の先には、宮の名を芙蓉宮と改めた後で侍女たちが植えた芙蓉の花が、蕾をつけて並んでいた。多くの人々が恨めしそうに見上げる日差しの下、花咲く日を待ちわびているように風に揺られている。

「まさか、帝都の空にも、あんなに大きな野鳥がいるなんて。怖いわね」

寧々は自らの宮に戻ったため、広間にいるのは來梨と芙蓉宮の侍女の二人だけだった。

「あれは、大鷹ですね」

來梨の言葉をやんわりと訂正するように、小夏の声がする。

「あの一瞬で、わかったの？」

「はい。狩人だったので、目はいいのです。特に、素早く動く動物を見分けるのは得意ですの」

「大鷹、か。帝都の近くにもいるのね」

明羽は懐かしく思う。邯尾の村ではよく目にしていた、北狼州の民には馴染み深い鳥だった。けれど、小夏は当たり前のように首を振る。

「いませんよ。大鷹は森林と草原が混じり合った、北狼州のような地形に生息します。帝都周辺のような開けた場所にはやってきませんの」

「へぇ、そうなんだ」

「そもそも、大鷹は縄張りを持っていて、その中でのみ狩りをします。これまで後宮で大鷹を見たことなど一度もありません。ですので、あれは野に住まう鳥ではなく、何者かに操られていたかと思われますの」

「……おどろいたわ。小夏、あなた、鳥に詳しいのね？」

來梨の言葉に、いつもは控えめな侍女は珍しく得意げに笑う。

「私の住んでいた村でも、鷹狩り用に大鷹を育てていましたの」

「鷹を使って狩りをしていたってこと？」

「いえ、獲物を獲るだけなら弓の方が簡単ですの。鷹を育てていたのは、貴族の方々にお売りするためです。北狼州や皇領の一部の貴族さまは鷹狩りを愛好されていますので、よく仕込まれた鷹は高く売れましたの。私たちは狩りができない冬の間、鷹に狩りを仕込みました」

「ちょっと待ってちょうだい。じゃあ、誰かが鷹狩り用の大鷹を使って、皇后さまの鳥を襲わせた——そう、言いたいの？」

「そうとしか、考えられませんの」

明羽も引っかかっていたことを口にする。

「私も気になっていたの。侍女長の肩の傷は、まるで刃物で切られたみたいだった。あれは、鳥の爪で傷ついたようには見えなかったよね」

「おそらく、足首に刃物を付けられていたのだと思いますの。そもそも、野生の鳥であれば、自ら食べる以外に獲物を殺すなんてあり得ません。元々の気性が荒いうえに、そういう風に、特別に仕込まれたのだと思います」

明羽はかつて、九蛇《くじゃ》と呼ばれる犯罪組織の暗殺者に襲われたことを思い出す。彼らは、暗殺のために蛇を匂いに反応するように仕込んでいた。

今回の事件に九蛇が絡んでいることはないだろうが、かつて暗殺者と相対した時の恐怖を思い出し、明羽は冷たいものが背中を伝うのを感じた。

「ねぇ。もしできるのなら、この件、二人で調べてくれないかしら。宦官たちは、もう野鳥が侵入したということで事を収めようとしている。皇后さまの悲しみが癒えるわけではないけれど——せめて、隠れた罪人がいるのなら見つけて差し上げたいわ」

いつも、こういった調べ事は明羽が頼まれていた。

けれど今回は、小夏が代表して答える。

「わかりました。どこまでできるかわかりませんが、調べてみますの。私も——あんな風に鳥たちを殺すのは、見過ごせません」

小夏は、八角殿で見た光景を思い出したように目を閉じる。

表情からは、芙蓉宮の侍女としてだけではなく、元狩人としての誇りが垣間《かいま》見えた。

◆◇◆◇◆

風に揺れる笹の葉が擦れ合い、波のような葉音が降り注ぐ。

相変わらずの猛暑ではあったが、竹林によって日差しが遮られているため、庭園内の暑さは体を動かせる程度には抑えられていた。

竹林に囲まれた人気のない庭は、雰囲気そのままに竹寂園《ちくじゃくえん》と呼ばれていた。

芙蓉宮のほど近くにあり訪問者はほとんどいない。昼の休憩時間にこの場所で武術の型の練習をするのは、すっかり明羽の日課になっていた。

明羽が生まれ育ったのは拳法道場で、父はその師範だった。幼い頃から飛鳥拳《ひちょうけん》と呼ばれる武術を叩き込まれ、実戦経験は少ないものの、型だけならば達人並みの技の切れを宿している。

「ねぇ、八角殿の鳥たちのこと、どう思う？」

明羽は、右足をまっすぐ蹴り上げながら話しかける。

答えは、すぐに頭の中に返ってきた。

『かわいそうだったね』

「いや、そうだけど、そうじゃなくて。いったい誰が、なんのためにってこと」

『皇后さまを陥れたい人物といえば、一人しかいないんじゃないの？』

白眉が誰のことを言っているのか、考えるまでもなかった。

百花輪の儀が始まる前より、後宮では、皇后と皇太后の派閥争いが繰り広げられていた。

「皇太后さまだとしたら、なぜ急にこんなことを始めたのかな？」

『知らないよ。もしかしたら、意味なんてないのかもしれない。この世は、意味があることばかりじゃないんだ。気晴らしかもしれないし、気まぐれかもしれない』

明羽の手には、いつも腰に付けている帯飾りが括《くく》りつけられていた。

型の訓練をしながら、〝声詠み〟の力を使って白眉と話をするのも、明羽の日課だった。竹寂園は訪れる者がほとんどいないため、こうして声を出して会話をしていても誰かに聞かれる心配はない。

「気まぐれで行動される方には、思えないけど」

明羽はぴたりと右手の掌底を前に突き出した姿勢で止まり、呻くように呟いた。

『とにかく、今回の事件の調査は、僕の出番はなさそうだね』

「うん、小夏の元狩人としての知識がたよりだ」

昼餉を取った後、小夏と一緒に八角殿の事件を調べることになっていた。

そのとき、背後から足音が聞こえてくる。

「この暑いのに、よくやるものだな」

振り向くと、美しい男が立っていた。

中性的で整った目鼻立ち、優れた書家が一筆で書き上げたような形の良い眉、長い髪は背後で一房に結い上げられ、黒髪の隙間から見える髻からは男女問わず虜《とりこ》にするような色香が漂っている。

なにより目を引くのは、愁《うれ》いを帯びた瞳だった。明羽はその瞳を見るたび、かつて本で読んだ美しさと冷たさを併せ持つ天藍石《てんらんせき》の輝きを思い出す。

男は、名を李鷗《りおう》といった。宮城内の秩序維持を司る秩宗部《ちそうぶ》の長であり、三品の位を持つ高級官僚だった。

明羽は片膝をついて拱手《きょうしゅ》をしながら答える。

「武の道は、一日休めば三日遠のくと申します」

「まったく。お前は後宮の侍女で、武人を目指しているわけではないだろう」

「冗談ですよ。それより、李鷗さまこそ、こんな暑い日になんの御用ですか?」

李鷗は、いかなる時も感情を見せない美しい顔立ちから、仮面の三品という二つ名をつけられ宮城中の女たちから噂されていた。だが、明羽の問いに、その表情はあっさりと不服そうに歪《ゆが》む。

「用がなければ来てはならぬのか。執務室からお前が見えたので、からかいにきてやっただけだ」

特に、竹寂園は、竹に囲われた庭園だが、完全に誰の目からも隠されているわけではない。律令塔からだと庭園の様子が丸見えとなるらしい。

三階建ての律令塔は、外廷と内廷の間に建っている、秩宗部の拠点であり、李鷗の住居でもある場所だった。

「それにしても、また後宮が騒がしくなっているようだな」

「どの事件のことを、言われていますか？」

「すべてだ。皇太后が朝礼を始められたこと、琥珀宮の皇后さまが可愛がられていた鳥が野鳥に襲われたこと、他にもいくつかの事件を耳にしている」

他の事件については、思い当たるところはなかった。秩宗部の長である李鷗の下には、後宮中から様々な情報が集まっているのだろう。

「どうして今になって、皇太后さまが動かれているのだと思う？」

明羽は立ち上がり、動きを止めたことで体から噴き出した汗を、手巾で拭いながら答えた。

「わかりません。同じ問いを、黄金妃さまからもされました」

「ほう。星沙さまも、気にされているのか」

「皇太后さまは追い詰められ、焦られているのではないですか？　最近、皇帝陛下がまた一つ、皇太后さまの有力な支持者を処断なされたと聞きました」

「いや、どうにもそれだけには思えぬ」

三品位は、天藍石の瞳を曇らせながら、じっと左腕に嵌《は》めた腕輪を睨む。

「最近になり、皇太后派と目されている者たちが蠢動《しゅんどう》しているとの報がある。皇太后を支持する者たちの中でもっとも力を持つのが、謄元《とうげん》という男だ。華信国の元宰相であり、現在は東方総督官の任にある。その男が、皇太后と密会していたそうだ。なにかを企んでいるようだが、それがなにかわからぬ」

話を聞いても、政《まつりごと》に疎い明羽にはなにが起きているかなどわかるはずもなかった。後で、白眉に助言をもらおうと名前と役職だけはしっかり記憶する。

「なにか気づいたことがあれば教えろ。見返りは用意する」

「わかりました。よろしくお願いいたします」

明羽はもう一度、拱手をする。

これまで明羽は、李鷗から後宮内の事件について何度か調査を頼まれていた。白眉の知識を駆使していくつもの事件を解決し、その見返りとして、芙蓉宮の利益となるような情報を受け取っている。

ふと、李鷗はそこで、思い出したように告げる。

「そういえば、帝都に行ったそうだな。どうだった、帝都は?」

「本当に、なんでも知っておられるのですね。豊かで賑やかで、まさにこの華信国の中心に相応しい街だと思いました。その光より生まれる影の深さも含めて、でございますが」

「面白いことを言う。だが、言いたいことはわかる。それで、來梨さまは、いったいなにをされるつもりだ?」

李鷗の言葉に、明羽はしばらく考え込む。

風で揺れた竹の隙間から夏の日差しが飛び込んできて、ほんの一瞬だけ明羽の頰を照らした。

頭に浮かぶのは、明羽と小夏から帝都の話を聞いた後、寧々に「この芙蓉宮には、流浪の民のためになにかをするほどの余裕がございますか?」と詰め寄られて落ち込んだ顔だった。

そして、今朝の朝礼の後、玉蘭に「あなたは、いったいなにをしているのですか?」と問われ、なにも答えられずに握り締めていた拳だった。

「……なにができるのかを、悩まれているご様子です」

そう答えるのが、芙蓉宮の侍女にとっての精一杯だった。

「あまり身の丈に合わぬことはせぬことだ。お前も、お前の主も。それが後宮の生き方だろう」

李鷗は突き放すように告げると、口元に皮肉っぽい笑みを浮かべる。

悔しいけれど、今の芙蓉宮の状況を考えれば、返せる言葉はなかった。

「だが、お前が幾度も、身の丈に合わぬ問題を解決してきたのを見てきた。ゆえに、期待もしている。最近の芙蓉妃には、そう思わせるなにかがおありだ」

李鷗が続けた言葉が、ふいと、明羽の胸の中にあった靄《もや》を払ってくれた。

その通りだった。元々、負け皇妃と呼ばれ、嘲られながらも、ここまでなんとかやってきたのだ。

やれることをやるしか、ない。

明羽は改めて拱手をしつつ、無愛想な顔に不器用な笑みを浮かべて告げる。

「ありがとうございます。まさか、李鷗さまに励まされるとは思っておりませんでした」

李鷗は顔を逸らし、ならばよかった、とぶっきらぼうに告げて背を向ける。そのため、明羽は、仮面の三品の顔にわずかに朱が差したのには気づかなかった。

すれ違いざまに、李鷗がいつも身につけている白梅の香りが微かに匂う。

さっきまでは不快だった夏の熱気が、なぜか今だけは心地よく感じた。

◆◇◆◇◆

昼を過ぎると、夏の日差しはさらに勢いよく地面を焼いた。

竹寂園で心地よく感じたのは気の迷いだったように、明羽は恨めしく天上の太陽を見上げる。

琥珀宮の周りは回廊で囲まれており、明羽がいるのはその一角だった。脇には銀杏の木があり、青々とした葉を茂らせている。明羽は銀杏の根本で、広場を通りかかる人が木に近づかないように辺りを見張っていた。

「うーん。ここからでは、天窓は見えないですね。ここも違いますの」

頭上から声が降ってくる。

銀杏の木の上には、小夏が登っていた。

人通りは多くないけれど、時折通りかかる女官や宦官からは奇異の視線を向けられる。

「そもそも、こんな場所で木に登って鷹を放つやつがいたら、目立って仕方ないよ」

「そう、ですね。では、次の場所に向かいましょう」

するすると滑るように、小夏が身軽な動きで下りてくる。

二人の侍女は、近くにあった亭子《あずまや》に移動すると、机の上に後宮の地図を広げる。

地図には、琥珀宮の東側に、いくつかの丸印が付いていた。

「鷹には、それほど複雑な指示は出せません。狙いを教え、その場所まで鷹を飛ばし、笛などの合図で戻って来させる。その程度ですの」

來梨から調査を頼まれた後、小夏は明羽に対して調査の方針を説明した。

「じゃあ、今回の事件はどうやったの？」

「天窓が見える位置から鷹を放ち、八角殿の中へ飛び込ませる。中にいたのは、外敵のいない場所で育てられ、速く飛べないように羽を切られた鳥たちです。荒れ狂う鷹の餌《え》食《じき》になるしかなかった。その後で、鳥の世話をしにやってきた琥珀宮の侍女により扉が開かれ、逃げ出した鷹を、どこかで合図を送って回収した。それだけだと思いますの」

「なるほど。それで、やり方はわかったけど、どうやって鷹使いを見つけるの？」

「まずは、鷹使いが鷹を放った場所を探すことですの。場所がわかれば、そこから絞り込むことができます」

小夏は言いながら、あらかじめ用意していた後宮の地図に視線を落とす。

「鷹を放つには、目的の場所がはっきり見えていなければいけません。つまり、八角殿の天窓が見える場所です。天窓があったのは東側。琥珀宮より東側で、八角殿の見える場所といえば、ずいぶん絞り込めるはずですの」

琥珀宮の東側には、高い木や建物はそれほどない。

明羽と小夏は地図上で可能性のある場所すべてに丸をつけ、一つずつ虱潰《しらみつぶ》しに巡って、八角殿の天窓が見えるか調査を始めたのだった。

丸がついた場所は全部で四つ。

太陽がわずかに西に傾く間には、すべての丸を回ることができた。

しかしながら、琥珀宮の庭園の木々に遮られて見えなかったり、鷹を放つには足場が悪かったり、人通りが多く目立ちすぎたりと、可能性のある場所は一つも残らなかった。

「参りました。鷹を放てそうな場所なんて一つもありませんでしたの」

「実際に行ってみると、琥珀宮の東側って意外と人通りがあるね。条件に合う場所があったとしても、鷹を連れていたら、さすがに目立つよ」

「そもそも、鷹をどうやって後宮内に持ち込んだのでしょう。それすらわからないですの」

調査を始めたばかりのときは、嬉しそうに張り切っていた小夏の声は、すっかり弱々しくなっていた。

「私、いつも明羽が事件を解決するのを見ていて、ちょっと憧れていましたの。やっと、今回は私も役に立てると思っていたのですけど」

「そんなに落ち込まないで。まだ調べはじめたばかりなんだから」

明羽は答えながらも、気持ちが沈むのを抑えきれなかった。

竹寂園で李鷗に励まされたことを思い出す。一つでも事件を解決して、期待に応えたかったけれど、もう手詰まりか。

ふと、そこでなにかが引っかかる。

「……李鷗さまは、律令塔の三階の執務室からだと、竹寂園の様子は丸見えだとおっしゃっていた」

「律令塔は宮城で一番高い建物ですから、遠くを見渡せるでしょうが……今回の八角殿の天窓は方向が違いますの」

「違うよ、小夏。そういうことじゃない。私たちは勝手に、後宮の中だけを考えていた。もしかしたら、鷹は後宮の外から飛んできたのかもしれない」

小夏は亭子の外に出て、八角殿の天窓が見える北側に顔を向ける。

そこには、後宮を囲む壁が見えるだけだった。

「特に、律令塔のような高い建物はありませんの」

「壁の上、ならどう?」

「それは……盲点でした。でも、壁は後宮のどこからも登れないようになっていると聞きましたの」

後宮を囲む壁は外からの侵入を防ぐものであるが、内側にいる妃や侍女が勝手に外に出られないようにするためのものでもある。

「後宮の中からは、登れない。でも、今朝の朝礼で皇后さまが、後宮の壁の検査が行われているとおっしゃっていた。登る方法が、あるってことだよ」

「……確かめてみる価値は、ありそうですの」

明羽と小夏は、女官たちの住まいである飛燕宮に向かった。

女官たちは、食事の手伝いをする配膳司《はいぜんし》、針仕事を行う内縫司《ないほうし》、掃除を行う掃部司《そうぶし》など仕事の内容ごとに分けられている。その中には、木々の手入れや瑠璃瓦の修繕を行う役職もあり、道具も揃えられていた。

飛燕宮の倉庫から、一番長い梯子《はしご》を借り、明羽と小夏は二人で東側の壁際まで運んだ。汗だくになりながら梯子を運ぶ芙蓉宮の侍女の姿はかなり目立つらしく、またしても、すれ違う女官や宦官たちの好奇の視線にさらされた。

明日には、芙蓉宮の侍女が暑さでおかしくなった、とでも噂になっているだろう。

壁は十五尺ほど。明羽が縦に三人並んでも向こう側を覗けそうにない高さだった。

東側の壁に立てかけた梯子は、壁の半分に届く程度の長さしかない。逃亡を防ぐため、後宮内には、壁を越えることができる長さの梯子は置いておいてはならないという決まりがあった。

けれど、壁の半分の高さであったとしても、鷹を放つことができるかを確かめるには十分だった。明羽が梯子を支え、小夏が登って八角殿の方角を見つめる。

「八角殿の天窓が見えます。壁の上ならば、もっとはっきり見えると思いますの。距離もそこまで遠くありません、十分に鷹を飛ばせますの」

勢い込んだ声が降ってくる。

その声に、明羽は小さく頷く。まだ、可能性の一つでしかない。だけど、今はこの可能性に賭けて、壁の上に登ることができた者を当たってみよう。

そっと腰に下げている相棒に触れると、小さな声で話しかける。

「ねぇ、白眉。後宮の壁に登る方法って知らない?」

すぐに頭の中に声が聞こえる。

『僕が知ってるのは百五十年前の後宮のことだから、今はどうなっているのか知らない。でも、僕がいたときは、後宮の壁は外側に登り口が造られていたよ』

「それじゃ外からの侵入を防ぐ役割と矛盾しない?」

『登り口が造られていたのは、外廷と後宮を繋《つな》ぐ宣武《せんぶ》門の脇、一ヶ所だけだよ。当然ながら、宣武門は常に衛士により警備されている。登り口から壁の上にいくことは、衛士の許可がないとできなかったはずだ』

「……なるほど。じゃあ、衛士寮《えしりょう》で話を聞けばわかるかもしれないね」

結論が出たところで、ちょうど小夏が降りてくる。

明羽は、白眉から聞いたことをそのまま語り、二人の侍女は衛士寮へと向かった。

衛士寮にある客庁の長机の向こうには、半ば呆れた顔をした李鷗が座っていた。

「まったく、たった半日でここまで調べ上げるとは。本当に鼻が利くやつだな、お前は。いや、今回はお前たちというべきか」

「誉め言葉として、承ります。それで、ご許可いただけますか？」

明羽の言葉に、李鷗は細く長い息を吐く。

明羽は、これまでいくつもの事件に関わっているため、衛士寮にもそれなりに顔が知られていた。男嫌いの性格のため、仲良くなるような相手はいなかったが、話を聞ける知り合いくらいはいる。

顔見知りを見つけて事情を話し、白眉の言う通り、後宮を囲む壁の上部への登り口は宣武門の脇にあり、衛士が絶えず警護していることを確かめた。

登り口は厳重に管理されており、使用には事前に秩宗部の許可が必要となる。基本的に、許可が下りるのは年に一度の壁の点検を行う工用部の者だけだった。また、登る前には厳重に身体を調べられ、後宮内と通じて余計な物が持ち込まれないように細心の注意が払われているという。

そして、朝礼で聞いた通り、現在も工用部による検査が行われていた。

だが、壁の上に登り、作業中の工用部の技士と話がしたい、と明羽が頼み込むと、衛士たちは困ったように顔を見合わせた。

その結果、秩宗部の長である李鷗まで話が上がったのだった。

「一つ、聞かせろ。衛士たちから聞いたと思うが、壁に上がる工用部の者は、余計な物を持ち込まないように厳重に検査される。鷹をどのようにして持ち込んだというのだ」

その問いに答えたのは、小夏だった。

「簡単ですの。こちらで検査を受ける前に鷹を空へ放っておき、壁の上で鷹に合図を送って呼び寄せた。後宮内からは、壁の上の様子は見えません。誰にも見咎《みとが》められずに鷹を放つことができますの」

「話を聞く限り、その技士が皇后さまの鳥を殺したと決めつける証拠はないようだが」

「その通りです。ですので、まずは会って話を聞いてみたいのです」

「わざわざ壁の上に登って聞く必要があるのか？　下りてくるのを待てばよいだろう」

「八角殿に向けて鷹を放つことが可能なのか、壁の上に登ればはっきりします。それも合わせて確認しておきたいのです」

「……わかった、許可を出そう。その代わり、衛士を護衛につける。貴妃の侍女を危険な目に遭わせるわけにはいかないからな」

李鷗は突然降ってきた厄介事に、胃痛を堪えるように眉間に皺を寄せながら答える。

こうして、芙蓉宮の二人の侍女は、一時的に後宮を出て壁へ登ることを許された。


壁の上で検査を行っている工用部の技士は一人だけだった。

名を、周景《しゅうけい》といった。

工用部の中では若手だが、土木工事に関する知識と腕は確かだと評判の良い人物だ。

衛士寮にいる衛士の誰に聞いても、勤勉で気持ちのいい文官だと答えが返ってきた。

例年であれば四、五人で行う壁の検査に、たった一人できたことについて、衛士たちも初めは不思議に思ったが「宮城の方で大規模な修繕を行っているため人手を割けない」と説明を受け、周景が言うのであれば間違いないだろうと判断したという。

明羽と小夏は、宣武門から後宮の外に出ると、脇に設置されていた登り口から壁の上に登る。

階段があるのだと思っていたが、壁の石煉瓦《いしれんが》の一部が、外側に一定間隔ではみ出して縦に並んでいるだけ。壁に埋め込まれた梯子と呼んだ方がよい代物だった。

先に衛士が登り、その後に李鷗、最後に侍女二人が続く。

壁の上は、明羽が想像していたよりも広く、両手を広げた程度の幅があった。

日はすでに傾き、西の空を茜色に染め始めている。

明羽は、壁の上に立って辺りを見渡した。

眼下には、夕日に照らされた後宮が広がっている。

後宮の中央に広がる栄花泉《えいかせん》、貴妃たちの住まう舎殿、各所に点在する庭園、すべてを一望に収めることができる。広大に思っていた壁に囲まれた世界を、初めて手狭に感じた。

この中で、百花輪の貴妃たちは一領四州の誇りを背負い、華信国の皇后の座を競い合っている。そう思うと、とても歪《いびつ》なことのように感じた。

「思ったよりも、高いな」

隣から、李鷗の頼りなさそうな声がする。

「もしかして、高い所が苦手なのですか？　いつも律令塔に住まわれているのに？」

「そんなことはない、が……律令塔にはちゃんと柵があるだろう。ここは風が吹くと、落ちそうだ」

「素直に苦手だとお認めになってください。別に、李鷗さままで来られなくてもよかったのですが」

「いや、ここまで事情を聞いたのだ、この目で確かめなければならん」

李鷗は、仮面の三品と呼ばれる泰然とした表情に戻ると、堂々とした足取りで壁の上を進む。だが、後ろを歩く明羽には、風が吹くたびにぎゅっと拳を握るのがはっきり見えた。

「本日の午後は、南側を調べる予定と聞いています。ほら、あそこですね」

衛士が南壁を指差す。目を凝らすと、長い棒のようなものを持った人影が歩いているのが見えた。

近づくと、仕事ぶりがはっきりとわかる。棒で煉瓦を叩き、気になるところを見つけては耳を当てて音を確かめていた。衛士たちが口をそろえて言った通り、生真面目な性格が表れているかのような動きだった。

周景は、近づいて来る人影に気づくと、手を止める。

そのうちの一人が李鷗だとわかると、慌てた様子で片膝をついて拱手をした。

「すまない、周景殿。少し話を聞かせて欲しいことがあるのだ」

近くまで歩み寄ってから、李鷗が話しかける。

「は。壁の修繕のことでしょうか。なんなりとお聞きください」

周景は、いかにも実直そうな若者だった。思慮深そうな目つきや堅く結ばれた口元からは、多少の事では動じない苦労人の雰囲気が見て取れる。

「いや、壁のことではない。本日の朝、周景殿は東側の壁を検査していたと聞いてな。一つ聞かせて欲しいのだが。壁の上から変わったものを見なかったか?」

李鷗は付け足すように、八角殿で起きた痛ましい事件のあらましを語る。

話を聞き終えた周景は、申し訳なさそうに首を振った。

「それで李鷗さま自ら、このような場所に足を運ばれたのですね。申し訳ありませんが、私はなにも見ておりません、ひたすら壁の検査を行っていただけです。鳥たちを襲った怪鳥にも気づきませんでした」

「やはり、そうか。なにか他に聞きたいことはあるか？」

李鷗は、明羽と小夏を振り向く。天藍石の瞳は鈍い光を放つだけで、なにを期待しているのか読み取れない。

明羽は言葉に詰まる。可能性は高いと思ってここまで来たが、周景のことを糾弾するような証拠などありはしない。

隣から、緊張を孕《はら》んだ声がする。

「八角殿の鳥を襲ったのは、野鳥ではなく、狩猟用の大鷹でした。これは間違いありません。私たちは、この壁の上から鷹を放った者がいるのではないかと考えていますの」

明羽がちらりと横を見る。元狩人の少女は真剣な目をしていた。

「後宮内を調査したのですが、他に鷹を放てるような場所がないのです。壁の上にいたのは、周景さまだけです」

「まさか、私が壁の上にいたというだけで、こうして疑いの目を向けられているのですか？　それはいくらなんでも、ひどい言いがかりです」

「……周景さま。長袍《ちょうほう》をまくり、左腕を見せていただきたいのですが」

「なぜ、そのようなことを？」

「壁に登る前、後宮に余計な物が持ち込まれないよう、衛士さまによって持ち物はしっかり検査されると聞きました。そうであれば、鷹を扱うのに重要な物が足りないはずです」

小夏は自らの腕を真っすぐ左に伸ばし、鷹狩りの仕草を真似る。

「鷹を放つには、鷹を腕に止めるための革手袋が必要です。壁の調査に不要な物は持ち込めない。であれば、あなたは手袋を使わずに鷹を腕に止めたということですの。おそらくは布かなにかを巻いたのでしょうが、あれほど獰猛《どうもう》な鷹です——無傷ですむとは思えない」

「なるほど。周景殿、見せていただけますか？」

小夏の言葉をついで、李鷗が問いをなげかける。

遮るもののない風が、侍女たちの頬を撫ぜて通り過ぎていく。

周景はわずかな躊躇《ためら》いを見せた後、長袍を捲り上げた。

壁に登る前、周景のように真面目な男が犯罪に手を染めるわけがない、と言い張っていた衛士たちの目は、信じられないものを見たように見開かれる。

手首には、まだ血が乾いたばかりのように真新しい、鋭い爪に引っかかれたかのような傷跡があった。

「勘違いされては困ります。これは、今朝、壁の検査を行っていた時に、鋭い石に引っかけてできた傷です。こんなもので、私が鷹を放ったとされるのは、いくらなんでも横暴でございます」

周景は訴えるように、李鷗に視線を向ける。

「確かに、この傷一つでは捕らえることはできぬな」

「……ですが、疑念は生まれたかと思いますの。李鷗さま、周景さまの調査をお願いいたします。私が住んでいた狩人の村では、狩猟用の鷹を育てていました。どれほど技を持った者でも、鷹と意思を通じ自在に操るためには、世話をしたり、野辺に出て訓練をすることが必要になります」

「鷹を飼い、訓練をしていたのであれば、痕跡があるということか。秩宗部がそれを調べれば、真偽ははっきりするな。どうだ、周景殿。協力していただけるだろうか？」

李鷗が、感情の読めない声で淡々と告げる。

短い沈黙の後、周景は、覚えのない罪を着せられそうになり困惑する男の表情を崩して、笑った。

「……それは、困ります。さすがにこんなにすぐ、目を付けられるとは思っていませんでしたので」

「罪を認める、ということか？」

「私は若い頃、ある貴族さまの使用人でした。親も祖父も使用人で、私は生まれた時から使用人になると決まっていたのです」

李鷗の問いに答えず、周景は唐突に、自らの生い立ちを語り始める。

「酷い主人でした。休みもなく楽しいこともなく、毎日のように殴られる。友もおらず、幼い頃より理不尽な仕打ちを受け続けていました。鷹の扱い方は、その時に学んだものです。その貴族さまは、鷹狩りがお好きでしたから」

周景は誇らしげに、晴々とした笑みを浮かべた。

言い逃れをするでも抵抗するでもなく、嬉しそうに語り出した不気味な様子に、衛士たちは捕らえるのを躊躇っているようだった。

「でも、あの方がやってきて、すべてを変えてくださった。私に工用の才があることを見抜き、工用部の仕事に就けていただいた。友ができ、多くの人に頼られ、妻まで娶ることができた、夢のような日々でした。妻はつい先日、流行《はや》り病《やまい》で死にました。そんなとき、あの方から久方ぶりに連絡があったのです。仕事を一つ頼まれて欲しいと。嬉しかった。あの方は私のことをちゃんと覚えていた……それどころか、妻が死んだことや、昔、鷹を扱っていたことまで知っていたのです。そんなの、断れるわけないですよ」

「あの方、というのはいったい何者だ？　その者が、貴殿に指示をしたのか？」

思いつく人物は、一人しかいなかった。

だが、周景は弱々しく首を振る。

「いくら調べても、あの方に繋がるものは、なに一つ出てきませんよ」

その目からは、先程までの勤勉さは失われていた。誰かに心酔し、思考を靄に絡められたかのような濁《にご》った瞳だった。

周景は、おもむろに右手の親指と人差し指を口に入れた。

その仕草に、小夏ははっとして叫ぶ。

「鷹が来ますっ、気をつけてください」

指笛が響き渡る。

衛士たちも状況を理解し辺りを見回すが、鷹の姿はどこにも見えない。

咄嗟に明羽は白眉を握り締めた。人間よりも周囲の気配を読むのが得意な佩玉は、すぐに迫りくる危険を教えてくれる。

『後ろだ、真っすぐ近づいてきている』

明羽はすぐさま、後ろを振り向く。

鷹が、角度を付けて急降下してくるのが見えた。

衛士が武器を構え、侍女二人と李鷗を守るように前に出る。

だが、鷹はその頭上をあっさり通り過ぎていった。

「最後にお役に立てて、よかった」

背後で、周景の声がする。

振り向くと、鷹の足に括りつけられていた鋭い刃物が、周景の喉笛を切り裂くところだった。

周景は、安心したような笑みを浮かべたまま、血を吐き出す。それから、体をゆらりと横に傾けて崩れ落ちた。

飼い主を切り裂いた鷹は、再び空高く舞い上がると、そのまま茜色に染まる空に消えていった。

◆◇◆◇◆

翌日は、夏が息切れしたかのような涼しさだった。

空を分厚い雲が覆い、陽の光を遮っている。時折、思い出したように降る小雨が、連日の猛暑で大地の中に籠った熱さえも取り除こうとしているようだった。

そのおかげか、涼をとることを目的に設計された石造りの亭子の中は、肌寒さを感じるほどひんやりとしていた。

明羽と小夏が、皇后・蓮葉の鳥たちを襲った鷹使いを突き止めた翌日、芙蓉宮の三人は琥珀宮に招かれていた。

黒檀の机の向かいには、蓮葉が座っている。

いつもと変わらぬ凛《りん》とした雰囲気を纏っているが、目の下には化粧では隠しきれない隈が浮かんでいた。

「……ありがとう。私の可愛い鳥たちを襲った者を、見つけてくれたようね」

「私は、なにもしておりません。すべて侍女たちが解決してくれたことです」

「噂になっているわ。木に登ったり、梯子を担いで後宮内を歩き回ったり、大活躍だったそうね」

蓮葉はそう言いながら、視線を明羽と小夏に向ける。

本来であれば、侍女が許可を得ずに、皇妃へ話しかけるのは許されない。だが、蓮葉の視線は明らかに言葉を求めていた。明羽は、主が小さく頷くのを確認してから答える。

「お恥ずかしい限りです。ですが――確かに鷹を放った者を見つけることはできましたが、黒幕を突き止めるまでは至りませんでした。もう少し、慎重に動くべきでした」

あれから、秩宗部により周景の素性が調べられた。

郊外にある住居からは大鷹の訓練を行っていた証が見つかり、流行り病だと語っていた周景の妻の死が毒でも飲まされたかのように不自然であったこともわかった。

だが、どのようにして大鷹を入手したのか、なぜ工用部が行った壁の検査が今年は周景一人だったのかなどの疑惑は明らかになっていない。

あの方の正体は、手の届かない闇の中に隠れたままだ。

蓮葉は満足そうに頷くと、視線を來梨に戻す。

「來梨、よい侍女を持ったわね」

「はい、私にはもったいない、かけがえのない者たちです」

明羽は、ふと、初めて後宮にきたばかりのときに皇后に呼び出されたことを思い出した。

あのときは、震えてまともに受け答えすらできなかった來梨が、今は自然に会話をしている。成長されたのだと改めて感じた。

「來梨、あなたは百花輪の儀の本当の意味を知っているわね？」

「はい。わかっている、つもりです」

「私は、この百花輪の儀を見届けるのが役目よ。助言をするつもりはない。だけど、今回はあなたに助けてもらった。だから、一つだけ言っておくわ」

蓮葉の瞳が、真っすぐに來梨を見つめる。その奥には、どれほど傷つけられても曲がることのない一筋の光が見えた。それは、蓮葉がこの十年間、後宮で耐え忍び生き抜いてきた強さの証のようだった。

「今のままでは、芙蓉宮は生き残れない。あなたのかけがえのない侍女たちも、私の可愛い小鳥たちと同じように無残な最期を迎える」

明羽は、八角殿で目にした血に塗れ羽根を散らした鳥たちの死骸を思い出す。ほんの一瞬、あの場に転がった小鳥たちが、自分と小夏に置き換わったような妄想が浮かぶ。

「あなたも、それがわかっている。だから、なにか迷っているのでしょう？」

「……本当に、お見通しなのですね」

蓮葉は、右手を机の上に出すと、道を示すかのように來梨に向けて伸ばす。

「迷っている暇はない。今が、動くべきときと心得なさい」

蓮葉の細く滑らかな指には、宮の名と同じく大きな琥珀のついた指輪が嵌められていた。

來梨は、向けられた琥珀の玉を見つめる。中に封じ込められた太古の光が、皇后の言葉と響き合っているかのように煌《きら》めいていた。

「ありがとうございます、皇后さま。おかげで、覚悟が決まりました」

來梨はそれからしばらく話をした後、改めて礼を言って琥珀宮を立ち去った。

その時には、自らの臆病な主の瞳から、迷いが消えているのがはっきりとわかった。

明羽はそのことを嬉しく思うと同時に、面倒なことが起きそうな予感が北狼州の山にかかる雪雲のように猛烈な速さで膨らんでいくのを感じた。

第二話　北方の陰謀

夜空には満月より少し欠けた月が浮かび、辺りは羽虫さえも眠りの中にいるように静まり返っていた。

昼間の暑さが嘘のように夜風は涼しく、月を見に出歩くには良い天候だった。

芙蓉宮の貴妃と二人の侍女は、月見と称して、後宮と外廷を隔てる宣武門の近くまできていた。門前には篝火《かがりび》が焚かれ、見張りの衛士が立っている。

そこで、來梨《らいり》と小夏《シャオシイ》は囁くように告げた。

「明羽《めいう》、頼んだわよ。芙蓉宮の命運はあなたにかかっているわ」

「留守はまかせてください。こちらの心配はいりません、がんばってください」

主と同僚それぞれに激励され、明羽は無言で頷《うなず》く。

動きやすい襦袴《じゅこ》に、背中には大きな麻袋を巻き付けている。街道でよく見かける旅人の恰好だった。

覚悟は決めたけれど、すべてに納得できたわけではない。

最後のささやかな抵抗とばかりに呟く。

「あの、來梨さま。他に方法はなかったんですか？」

「まだ言ってるの。外出許可は長くても十日しか許されないのよ。この方法がもっとも速くて安全だということはあなたもわかっているでしょう？」

「それは、わかってはいるのですが」

明羽はぐっと自分の我儘《わがまま》を飲み込むと、主と同僚に向かって告げる。

「では、いってきます」

二人に見送られ、あらかじめ入手していた外出許可の札を衛士に渡して後宮の外に出る。真夜中の出立は事前に告げていたため、すんなりと宣武門をくぐることができた。

先日、帝都に行くときに覚えた道筋で宮城の外に向かう。真夜中のため人の姿はない。時折、警護の衛士とすれ違い不思議そうな視線を向けられる程度だった。

明羽は不安を誤魔化すように白眉《はくび》を握り締めて話しかけた。

「この計画、どう思う？」

『まぁ無茶な話だとは思うけどさ……でも、來梨さまらしくて、面白いとは思うよ。少なくとも、後宮でうじうじしているよりはよっぽどいい。あのままなにもしなければ、皇后さまに言われた通り、待っていたのは破滅だよ』

相棒の声に、温かい飲み物を口にしたように心が落ち着く。

「そうだね、私もそれは同感だよ。問題は方法なんだよね」

『それはまぁ、我慢するしかないね』

「わかってるって。でも、まさか……北狼州に、戻ることになるとはね」

感傷の滲《にじ》む声で呟きながら、明羽は、こうして真夜中に帝都を旅立つことになった経緯を思い出す。


八角殿の事件の後、來梨はそれまでうじうじしていたのが嘘のように変わった。

琥珀宮で蓮葉《れんよう》に背中を押された翌日、覚悟を決めたような顔で命じた。

「明羽、北狼州へ行ってちょうだい」

「は？」

「ちょっと、そんなに怒らないでよ。怖いわよ」

明羽の眉間には、思い切り皺が寄る。もともとの無愛想な顔立ちと合わさって、主を睨みつけるような表情になっていた。

「怒っていません、無愛想なのは生まれつきです。それより、話が見えないのですが」

「いい、よく聞いて。北狼州へ行ってもらう理由は、莉《り》家のお母さまがご病気で倒れたからよ。帝都で一番評判がいい薬を届ける——それが、表向きの理由よ」

「外出許可を取るための作り話ということですね」

「その通りよ。本当の目的地は邯尾ではないわ。さらに北上し、張《ちょう》家か墨《ぼく》家のどちらかの当主と面会して、芙蓉宮の後ろ盾になっていただけるように直談判してきて欲しいの」

「……え？　私がですか？」

明羽は、あまりに唐突な命令に目を丸くする。

北狼州の貴族たちの仲の悪さは、北狼州の出自の者でなくとも噂をするほど広く知れ渡っていた。

北には張家と墨家という二大貴族がいる。他の貴族たちのほとんどはどちらかの派閥に入っており、二つの勢力は宿敵同士のようにいがみ合っていた。來梨が百花輪の貴妃に選ばれたのも、この二大貴族の派閥争いが原因だった。

二つの貴族がそれぞれに候補を立てようとし、争いが深刻化することを懸念した州守や各派閥の郡主たちが折衷案として、二つの派閥のどちらにも与せず、北胡《ほくこ》族の正統でもあった莉家を推したのだった。

ゆえに來梨はどちらの派閥からも支援を受けられず、莉家を含む北狼州のあらゆる貴族たちから百花皇妃になることすら望まれない状況となっている。

「張家、墨家どちらにも手紙は何度も送っているけれど返事がないのは知っているわね。だから、直に会って説得するのよ」

「あの、どちらかと言われましても、どうやって決めるのですか？」

「それは、あなたが決めて。仲が悪いからどちらか一方しか選べない。あなたが説得しやすいと思う方でいいわ」

「どのようにして説得するのですか？」

「それも任せるわ。後宮からでは見えないことも、行ってみればなにかわかることがあるんじゃない？」

「そもそも、どのようにして郡主と面会するのでしょう？」

「あなたが私の名代であるという手紙は書くわ。それをうまく使ってちょうだい」

なんとも、穴だらけの計画だった。

ただ、その狙いだけは明羽にも理解できた。一領四州の中では万《まん》家を筆頭に東鳳州の貴族が富の多くを握っている。広大で肥沃《ひよく》な平野、一年中凍ることのない港、長い伝統を持つ商業都市、そして大河を通じて国中から集まる物資による諸外国との交易が、東鳳州に莫大な富をもたらしていた。

だが、北狼州は国土が広く郡の数も多いため、州全体の貴族の持つ富をすべてを足し合わせれば、東鳳州に勝ることもあり得ると言われていた。

張家、墨家のどちらかを説得できれば、北狼州のほぼ半分から支援を受けられることになる。今まで負け皇妃と笑われ続けていた状況をひっくり返せるのは間違いなかった。

「……わかりました。うまくやれるかはわかりませんが、動かなければ状況は変えられないですからね」

「ありがとう。そう言ってくれると思ってたわ」

「外出許可はお母上のお見舞いを口実に取りつけるとして、どのようにして北狼州に帰るのですか？　侍女の外出許可は最長で十日。よほど急いで帰らなければ往復だけで時間は過ぎてしまいますが」

　來梨の輿入れのとき、莉家のある邯尾郡から帝都・永京まで七日かかった。だが、そのときは徒歩の従者を連れ、輿入れ道具を運ぶ荷馬車を並べた大行列だった。早馬で飛ばせば数日は縮められるはずだ。

けれど、明羽は早馬など乗りこなせないし、旅には様々な危険が付きまとう。どのようにして北狼州と往復するのかが難問だった。

　來梨は聞かれるまで考えもしていなかったように目をぱちぱちさせる。それを見て、明羽は何度目かの溜息をつきたくなった。

「そういえば、おもしろい噂を聞きました。禁軍の騎馬隊が、北狼州で軍事演習を行うために帝都を離れるそうですの」

　その情報を口にしたのは、隣に座る小夏だった。小夏は女官たちに可愛がられており、芙蓉宮の中で誰よりも情報通だった。

「確か――出立は、明日の夜中だったかと」

それを聞いた途端、明羽は引き受けたことを後悔した。

夜の帝都を歩いていると、正面に巨大な門が見えてきた。帝都をぐるりと囲む城郭《じょうかく》には四方に門が設けられている。その中の一つ、北門だった。

北門を守る衛士に不審そうに見られながら外に出る。

帝都・永京は大海原に浮かぶ島のように、四方を草原に囲まれている。その草原に百を超える馬影が並んでいた。

北門から出てきた明羽に気づき、馬が一頭近づいてくる。

他の馬に比べてひと際大きく、そこに跨る男の影も明らかに大きかった。

馬の鼻息が聞こえそうなくらい近づくと、やっと男の顔が見える。もっとも、影を見るだけで何者かははっきりわかっていた。月の光に照らされ、鷲鼻《わしばな》の男は不敵な笑みを浮かべる。

筋骨逞《たくま》しい体つき、巌《いわお》のような彫りの深い顔立ち、相手を威嚇《いかく》するような鷲鼻に鋭い眼光。歳は三十路《みそじ》を過ぎた頃だろうか。その体からは圧倒的な武の気配が溢れていた。名は烈舜《れつしゅん》。軍神と呼ばれ、先々帝の時代から数々の戦場で武功を上げた猛将だった。

「よぉ、時間通りにちゃんときたな」

馬上から歴戦の将軍に見下ろされ、明羽は緊張しながら答える。

「よろしくお願いします」

芙蓉宮が考えた、明羽を安全かつ迅速に北狼州へ送る方法が、烈舜を頼ることだった。

小夏の情報により、禁軍の騎馬隊が北狼州へ軍事演習に出立することを知った。そこで、來梨は、烈舜に書状を出し、明羽の同行を頼んだのだ。

烈舜が率いる騎馬隊は、禁軍の中でも最精鋭として知られていた。

先帝の代までは、帝都を守る禁軍は戦を知らぬ形ばかりの軍隊として他州から侮られていた。それを変えたのが、現皇帝・兎閣《とかく》だった。

烈舜を始めとする歴戦の将軍を前線より呼び戻し、禁軍を徹底的に鍛え上げた。軍事訓練を繰り返し、四州への遠征も頻繁に行っている。その最大の狙いは、最高戦力と呼ばれながらも数多くの遺恨や火種を内に孕む南虎の騎馬隊に対抗するためだった。

今では禁軍を侮る者は一領四州のどこにもおらず、特に烈舜将軍の率いる第一騎兵は、炎《えん》家当主・項耀《こうよう》の山岳騎兵と並んで最強と呼ばれていた。

烈舜に先導されて、騎馬隊に近づいていく。

馬上に居並ぶのは屈強な男ばかりだった。明羽は込み上げてくる不快感をぐっと堪える。

明羽は、男が嫌いだった。

きっかけは、十四歳の時に縁談が持ち込まれ、初めて会った相手に力ずくで襲われそうになったことだ。これまでの人生を振り返っても、家族も含めてろくな男に会って来なかった。

男という生き物は糞だ。身勝手で卑怯な肥溜めだ。

それが、明羽がこれまでの人生で得た教訓だった。

北狼州へ向かう方法について、最後まで抵抗しようとしたのは、騎馬隊が男ばかりだからだ。この方法が安全で迅速なのはわかるし、禁軍の兵士が規律のとれた部隊であることも聞いている。だが、男たちの中にたった一人だけ交じって北へ向かうのは苦行以外の何物でもなかった。

「嬢ちゃんの席は、この荷馬車だ。貴妃さまたちが使うような豪華な馬車じゃねぇからな、揺れがひどいが勘弁してくれ」

烈舜に指さされたのは、五台並んだ荷馬車の一つだ。雨除けの幌が被せられ、荷台はすっぽりと覆われている。

「あの、私、いちおう馬には乗れますが」

幼い頃、明羽の生家には一頭の年老いた馬がいた。武術家であった父が護衛や出稽古に使うためのもので、武術の一環として、明羽も馬術を教わっていた。

父が怪我をし、生家が貧しくなると手放されたため、ずいぶん久方ぶりではあるが、勘さえ取り戻せば行軍についていく程度はできる自信があった。なにより、白眉の前の持ち主である武人英雄・王武《おうぶ》は、馬術の達人でもあったという。白眉を握っていれば補助をしてもらえるはずだ。

だが、明羽の言葉を聞いて、烈舜は冗談でも聞いたように鼻を鳴らす。

「馬鹿を言うな。夜の行軍は過酷だ、ちょっと馬に乗れるくらいの嬢ちゃんにはついてこれねぇよ。特に、俺たちの行軍にはな。とにかく今夜はそこで寝てろ」

無理を言って訓練に同行させてもらっている身だ、我儘を言うわけにはいかない。

明羽は近づいて幌に手を掛ける。次の瞬間、中から漂ってきた臭いに顔を顰めた。

「獣の臭いがするんですけど」

「中には酒と豚が積まれている。向こうで演習後に野営で食べる用だな。去年、ちっとばかし若い奴らがはしゃぎすぎたせいで、北狼州の州守から野営地での狩りを禁じられちまって、食い物持参なんだ。兵站《へいたん》輸送の訓練もかねてな」

どれだけ乱獲したんですか、と呆れて呟きそうになるのを、なんとか押し留める。

「……ただ乗りさせていただくんです、贅沢《ぜいたく》は言いません」

明羽は覚悟を決めて幌を跳ね上げ、荷台に乗り込む。

烈舜の言う通り、狭い荷台には酒樽が並べられ、その奥には檻《おり》に入れられた豚が二頭、大人しく足を伸ばして眠っていた。

後宮に来る前までは鶏小屋で暮らしていたのだ、豚が隣にいるくらい耐えられる。むしろ、この荷馬車の中にいれば、他の男たちと顔を合わせることはない。ひとまずは不愉快な思いをせずに済むかもしれない。

そう考えたところで気づく。豚の檻を挟むようにして左右に、それぞれ一人が眠れそうな空間が設けられ、気休め程度に毛布が敷かれていた。

明羽の視線に気づき、烈舜が付け足す。

「あとで、もう一人乗る。そいつもわけありだからな、話しかけるなよ」

「男、ですか?」

「心配すんな。嬢ちゃんに危害を加えるようなやつじゃねぇ」

「……贅沢は言いませんよ」

明羽は背負っていた荷物を腹に抱え直し、二頭の豚に「邪魔するね」と声をかけながら檻の隣に寝そべる。顔の向きは、少しだけ悩んで豚と同じにした。糞尿の臭いを直に嗅ぐよりは、まだ鼻息が近い方がましだった。

まさか、こんな狭い空間に、見知らぬ男と一晩すごすことになるとは。

幌が下ろされると、荷馬車の中は真っ暗闇になった。豚の寝息と、外の兵士たちの話し声が重なって聞こえてくる。

半刻ほどすると、幌が再び開き、無言でもう一人の乗客が乗り込んできた。

禁軍の演習に交じって帝都を脱出するなど、いったいどういう事情なのだろう。

明羽は頭から毛布を被り、白眉を握り締めて息を殺した。

『安心して。あの男が不審なことをしようとしたら、僕が大声で起こすから』

頭の中に、相棒の声が頼もしく響く。同乗者に聞こえないように、毛布の中で、ありがとう、と囁いた。

男が豚の檻を挟んだ向こう側に横になると、すぐに騎馬隊は出発した。

揺れは想像していたよりもすさまじかった。すぐ近くに男がいるという不快感も合わさって、眠ることなど不可能に思えた。

だが、覚えのある白梅のような香りが漂ってきて、明羽はあっさりと眠りに落ちた。


昨晩よりも濃くなった糞尿の臭いで、目が覚めた。

最悪の目覚めに、明羽は思わず顔を顰める。

荷馬車はどこかに止まっているらしく、揺れは感じない。幌の隙間から光が差し込んでおり、すでに日が昇っていることを伝える。

先に目覚めていた隣の豚たちは、狭い小屋の中で体を擦り合っていた。

豚の檻の向こうで人影が動くのが見えた。同じ荷馬車で帝都を発った男も、どうやら臭いに耐えかねて体を起こしたらしい。

豚の頭越しに、息を呑むほど美しい男の顔が見える。それは、後宮で常に女官たちの噂の的になっている、明羽の良く知る人物だった。

「……李鷗《りおう》さま？　どうしてこんなところにいるのです？」

「……お前こそ、なんでここにいるのだ」

仮面の三品と呼ばれる男の表情には、珍しく驚きが浮かんでいた。

まさか、この男と同じ荷馬車で一泊していたとは。

明羽は、昨夜の眠りにつくまでの不安と不快感を思い出し、損をした気持ちになる。李鷗だとわかっていれば、あそこまで不快ではなかったはずだ。そんな想いが頭に浮かび、遅れて自分の考えたことに驚く。

気まずい沈黙を、二頭の豚の鳴き声が埋めた。

ばさりと荷馬車の幌が勢いよく開けられる。

朝の光が容赦なく差し込んできて、豚の檻を挟んで向き合っている男女を照らし出す。

「よう、ご両人。荷馬車の寝心地はどうだった？」

嬉しそうに顔を歪めた烈舜が立っていた。

すべては軍神の悪戯《いたずら》であったことに、二人は今になって気づく。

荷馬車を出ると、騎馬隊は川辺で足を止め、馬に草を与えていた。

夜通し駆けていたというのに、兵士たちに疲労はまるで見られない。誰もが一心に馬の世話をしている。

昨晩は暗がりでよく見えなかったが、見回すと兵の数は百人ほどだった。

女は明羽一人だけ。事情を知らない者が多いのだろう、明羽の姿を見ると、多くの兵士が不審そうな視線を向ける。

もっとも、隣に烈舜が立っているため、兵士たちは誰一人として近づいて来ることはなかった。

「おい、烈舜。どうしてこの娘がいるのだ」

「たまたまだよ。お前から秘密裏に帝都を抜け出して北狼州に向かいたいと言われた。そのすぐ後に、來梨さまからも目立たないようにこの嬢ちゃんを、できるだけ早く北狼州へ届けて欲しいと書状を受け取ったのさ。貴妃さまからの頼まれ事だ、無下《むげ》にできねえだろう」

「なぜ、俺にそれを話さなかったのだ」

李鷗が不機嫌そうに告げるのを、軍神は、その顔が見たかった、とばかりに笑う。

「お互いに他言無用だと依頼されてたからな。俺は、言われた通りにしただけだぜ」

「それは、そうかもしれんが」

「悪《わり》ぃがもうすぐ出発だ。三品でも、ここでは特別扱いはしねぇぜ。事情が知りたきゃ、道すがら互いに交換してくれ」

烈舜は、手に持っていた干し肉を突き出してくる。旅人が持ち歩く保存食だった。

「もう出発、なのですか？」

「お前らの席は、あそこだ。御者は任せたぜ」

烈舜は、二人が一晩を過ごした荷馬車を顎で示すと、他の兵たちに向けて大声で出発を告げた。


烈舜の率いる第一騎兵は、規則正しい隊列を保ったまま北上していた。

野生の群れと同じく全体で一つの意思を持つかのように草原を疾駆《しっく》していく。

明羽は、荷馬車の御者台で手綱を握りながら、その統率された動きに感心していた。

なにより驚くのが、周りを走る兵士たちの顔に疲労が見られないことだ。明羽と李鷗は荷馬車で横になっていたが、彼らは昨夜からずっと走り続けているはずだった。

「夜通し走っていたというのに、休息はしないのですか？」

明羽が話しかけると、隣からは、すでに疲労困憊した様子の声が返ってくる。

「これは、走破訓練と言ってな、休みなく馬を乗り換えながら走り続ける訓練だ。食事も排泄《はいせつ》もすべて馬上で行い、馬のため以外の休息はない。国のどこで事が起こっても、中央禁軍が迅速に駆けつける。それが皇家の威光を示し、華信国の秩序を守っている」

明羽と李鷗は、昨夜、二人が眠っていた荷馬車の御者台に並んで座っていた。夜の間、御者台に座っていた兵士はすでに別の馬に騎乗している。

荷馬車は他に四台あり、騎馬に守られるように隊列の中央を縦に並んで走っていた。

「このまま、休みなく北狼州まで走り続けるのですか？」

「そうだ。通常の騎馬であれば片道四日の距離を、第一騎兵は三日とかからずに越える」

隣を振り向くと、李鷗は仇敵《きゅうてき》にでもあったように手にした干し肉を睨んでいた。

気分が悪く、癖の強い干し肉を口にする気分にはなれないようだ。

「昨夜は、あまり眠れませんでしたか？」

「……豚の隣で、あのような揺れの中で眠れるほど豪胆な神経はしていない」

「食べておかないと、この先も辛いですよ。饅頭《まんじゅう》、半分食べますか？　その干し肉よりはよほどやさしい味かと思います」

明羽は、背負っていた麻袋から饅頭を取り出す。深夜の出立に合わせて、小夏が作ってくれたものだった。

二つに割ると、日持ちしやすい工夫だろう、蒸かした芋を潰して甘みを付けた芋餡《いもあん》が詰まっていた。

「うまいな。お前は竹寂園ではいつも、これを食べているのか」

受け取った李鷗は、躊躇いがちに一口食べ、驚いたように感想を口にする。

「具材は毎日変わります。小夏が作る饅頭はどれも絶品です」

それからしばらく、二人は無言で饅頭を食べた。

馬の疾駆によって生まれた向かい風が、正面から顔を撫ぜるように通り過ぎていく。見渡す景色は、帝都の周りと変わらない草原だった。風になびく草は、明羽に、未だ見たことのない海を想像させる。視線を遠くに向けると、帝都からは霞《かす》んで見えた山影が大きくなっていた。

饅頭を食べ終えてから、明羽はようやく質問を口にする。

「それで、李鷗さまはどうして北狼州へ？　ここまで来て、お隠しになるのは無しにしてくださいよ」

「……先に、お前の理由を話せ」

三品位の男が帝都を秘密裏に抜け出したのだ、よほどのことだろう。

通常ならばとても後宮の侍女ごときに打ち明けられる話ではないが、普段とかけ離れた状況だけに、どこまで話すべきか考えあぐねている様子だった。

自分が隠し事をしていては真実の言葉は引き出せない、明羽はそう判断する。

「私の理由は、いたって単純です。來梨さまの名代として、北狼州の名家である墨家か張家かどちらかに参り、芙蓉宮の後ろ盾となってくれるように頼むこと。それが、來梨さまからのご命令です」

「なんだ、それは。墨家か張家かどちらか、とはどういう意味だ？」

「北狼州の事情はご存じですよね？」

「その二つの家の諍《いさか》いなら、知っている」

北狼州は一領四州の中でもっとも広大な州土を持っている。

その広大な大地は二つの派閥に分かれ、華信建国以来、ずっと勢力争いを繰り広げてきた。その派閥争いの中心になっているのが、二つの名家だった。

草原の覇者の二つ名を持つ草嘉《そうか》郡の郡主・張家と、雪原の覇者の二つ名を持つ雪凌《せつりよう》郡の郡主・墨家。

その他の郡主たちのほとんどが、いずれかの派閥に属している。

二家は北狼州の中央部に南北に隣接して領地を持っている。だが、その因縁は天狼《てんろう》山脈の谷よりも深い。家の二つ名に表れているように、二家は南部に広がる草原地帯と北部に広がる雪原地帯をそれぞれ支配し、華信国建国前は国主を名乗っていた。戦争状態にあった二つの国は時を同じくして華信国に加わり、数多くの恨みや対立を残したまま一つの州として封じられたのだった。

二家は戦にこそ及ばないが、事あるごとに対立を繰り返している。広大な国土を持つ北狼州が、他州に対して優位に立つことができない一番の理由だった。そして、來梨が生家以外の後ろ盾も得ることなく百花輪の儀に臨んでいるのも、この二家の争いがそそものきっかけなのだ。

「ご存じならば、おわかりでしょう。張家と墨家は犬と猿の喧嘩が睦《むつ》まじく見えるような仲の悪さです。二つの家から支援してもらうことはできない。後ろ盾になってもらうとしてもどちらか一方のみ。どちらに説得にいくかは、道すがら調査し、あとは私に一任されています」

「どのようにして当主と面会を取り付けるのだ？　來梨さまの書状一つであれほどの大家が門戸を開いてくれるとは思えないが」

「それも、道すがら考えろとのことです」

「なんと大雑把な計画だ。あの方らしいといえば、らしいが」

明羽が淡々と答えるのを聞いて、李鷗は皮肉っぽく笑う。

「どうして、わざわざ烈舜に頼んだ？」

「後宮の侍女の外出許可は最大で十日です。北狼州まで素早く安全に向かい戻って来る手段としては、烈舜さまの遠征に加えてもらうのが確実です。それに、私が後宮の外に出たのは調べられればわかることですが、目立たずに帝都を離れるに越したことはないと考えました。知られた途端、他宮からどんな横槍が入るかわからないですし、侍女が少ないことを好機とみて芙蓉宮に罠が仕掛けられるかもしれません」

「なるほど、な。筋は通っているか」

「これが、私がここにいる理由のすべてでございます」

明羽は自らが手綱を握る馬のお尻を気にしながら、横目で李鷗を見つめた。その視線で、私は全部話しました、次は李鷗さまの番です、と暗に訴える。

「……俺が向かうのは、張家だ。張家の御当主、宗伯《そうはく》さまに会いにいく」

短い沈黙の後、李鷗は覚悟を決めたように告げた。

「なぜ、ですか？」

「皇帝陛下の命だ。北狼州に放っている間諜から、張家に謀反《むほん》の疑いがあるとの知らせが入った。その真偽を、直に会って確かめるのだ」

「どうして、そのようなお役目を李鷗さまが？　秩宗部は宮城内の秩序維持がお役目のはずではないですか？」

「理由は、張家の現当主が、俺のよく知る人物だからだ。宗伯さまは俺の前任の秩宗尉《ちそうい》にして、俺の元上官。秩宗部の仕事のすべてを教わった人だ」

李鷗は一息に告げると、悔しそうに自らの手の平を見つめる。

その仕草からは、宗伯という人物に対して特別な想いを抱いているのが伝わってきた。

「なるほど。それで陛下は、李鷗さまにお命じに」

「宗伯さまのことは、陛下もよくご存じだ。俺に、間諜の調べたことが誠かどうか見極めてこいとのご命令だ」

明羽は、出立するまでの間に調べた、張家と墨家の当主についての情報を思い出す。

草嘉郡・張家の当主の名は宗伯。郡主でありながら宮城に仕え、三品位にまで登った男だった。あらゆる不正を見通す明晰さから百目の文官の二つ名で呼ばれたという。四年前に宮城での職を辞して北狼州に戻っている。

雪凌郡・墨家の当主の名は雪衛《せつえい》。だが、雪衛はまだ五歳であり、生母である雪蛾《せつが》が摂政政治を行っている。雪蛾は政治手腕に優れるが、意に沿わない者は徹底的に排除する冷徹さでも知られており、雪原の女王と呼ばれ恐れられている。

出立までの限られた時間で調べられたのはその程度だった。どちらも一癖も二癖もある当主のようだが、明羽の中では、冷徹な女王よりは文官上がりの郡主の方が話しやすそうだと感じていた。

「宗伯さまは、信頼のおける人物だが、かつて共に先々帝を支えた謄元《とうげん》とは盟友でもある。謄元の企みに関わっているのであれば、万が一ということもありえる」

唐突に出てきた謄元の名前を、明羽はなんとか思い出す。以前に、皇太后を支えるもっとも強力な後ろ盾として、李鷗が口にした人物だった。最近になり、密かに皇太后と面会したという情報も聞いている。

「では、李鷗さまは張家を訪ねて宗伯さまとお会いするのですね？」

李鷗はその言葉に、明羽の意図を察したようだった。飲み込んだ饅頭が、腹の中で急に苦みを放ったかのように顔を歪める。

「……お前、まさか」

「李鷗さまの従者として同行させていただければ、先ほど李鷗さまが私に質問された悩みの半分が解決いたします」

張家と墨家のどちらを選ぶのか、そして、どのようにして当主と面会するのか。明羽にとって、この機会を逃す手はなかった。

「聞いていなかったのか。張家の当主には謀反の疑いがあると言っただろう」

「秩宗尉にまでなられたお方が、皇家に反旗を翻《ひるがえ》すとは思えません。なにかの間違いであることに賭けようかと思います」

「勝手なことを言うな」

「そういえば、先日、陛下と炎家の御当主は、改めて主従の杯を交わされたそうですね。それには、芙蓉宮が取りまとめた紅花《ホンファ》さまの復権がかなりの貢献となったと思いますが、まだ相応しい見返りをいただいていませんよね？」

こういった会話ができるようになったのも、相棒の白眉から話術を学んだ賜物《たまもの》だった。

「第一騎兵が演習を行う遠征地は、草嘉郡の南方にある北狼草原です。そこから張家の治める草嘉郡まで一人旅をするとなると、かなり危険です。北狼州は皇領ほど治安がよくないですし。さらに北の雪凌郡となると無事に戻ってこられるか」

「わかった、共について来い。俺の任務とて安全なわけではない。本心を言えば同行させたくはないが、お前が一人旅をするのも放っておけん。どちらにしても危険なら、目の届くところにいろ」

「ありがとうございます」

「張家の当主に引き合わせるまではしてやる。だが、仮にも謀反の疑いがかけられている男だ、どのようなことになっても知らんぞ」

「お引き合わせいただければ、後はなんとかいたします」

なにも考えはないが、与えられた命令の一番の難題は当主に会うことだ。あとは、会ってから、どのような人物なのか判断するしかない。

先頭の騎馬が大きく左に方向転換し、続いて軍全体も大きく曲がりだす。明羽は慌てて左の手綱を引いて荷馬車を引く馬たちの鼻先を同じ方向に向かせる。

「李鷗さまは宗伯さまのことをよくご存じなのですよね？　李鷗さまから見て、宗伯さまとは、どのようなお方ですか？」

「情報収集と分析に長け、さまざまな出来事を瞬時に見通す力を持った優れた官吏だった。変わり者で、目の前の相手のことを試すような物言いを好む食えない御仁でもあったな。それから、誰よりも皇家への忠義に厚い人だったよ」

答えながら、李鷗は天藍石の瞳を遠くの稜線《りょうせん》に向ける。

単なる尊敬でも恩義でもない。明羽は、李鷗の内側に、宗伯という人物への複雑な感情が渦巻いているのを感じた。

明羽は李鷗と共に、日中を御者台の上で、夜を荷馬車に揺られながら過ごした。荷馬車の揺れと豚の臭いのせいで相変わらず寝苦しかったが、白梅香を感じるとなんとか眠りにつくことができた。

第一騎兵は、道々に点在する軍の施設で馬を交換しながら、まとまった休みを取ることなく走り続けた。

◆◇◆◇◆

三回目の朝を迎えた時、第一騎兵は遠征地である北狼草原に到着したのだった。

北狼草原は、いずれの郡にも属さない皇家の直轄地だった。

宮城から派遣された州守が管理し、草原の中央には北狼州軍の拠点がある。烈舜率いる第一騎兵の遠征の最大の目的は、北狼州軍との合同訓練を実施することだった。

帝都から北狼草原までは通常の馬を使った旅程であれば四日から五日かかるが、第一騎兵の走破訓練により二日半でたどり着いていた。

張家の治める草嘉の都までは、ここからさらに半日の道のりとなる。


見渡す景色は、帝都を出た時とは大きく変わっていた。

帝都と同じく草原地帯だが、北狼州の草原は、皇領の大海原のような平野ではなく、波打つような丘陵《きゅうりょう》地帯だ。所々、浮島のように木々の密集した場所が点在している。

その景色を眺め、明羽はもう戻ることはないだろうと考えていた北狼州にいることを実感する。この延々と続く丘陵は、北狼州の中央部でよく見られる地形だった。

帝都では日中はぐったりするような暑さだったが、北狼州に入ってから肌にかかる風は涼しくなり、薄手の襦袴では肌寒いほどになっている。

懐かしさと共に古傷に触れるような痛みを感じながら、明羽は北の空気をゆっくりと体の中に取り込んだ。

明羽と李鷗は、北狼草原で第一騎兵と別れ、草嘉郡を目指していた。烈舜より馬と三人の護衛を借り受け、計五人で北上している。街道は丘陵の真ん中を突っ切るように延びている。先頭を第一騎兵に所属している兵士が進み、真ん中に李鷗と明羽、背後にはさらに兵士二人が続くという配置だった。

「墨家の方に頼みに行くのなら、あそこが分かれ道だぞ。心変わりはないか?」

李鷗が声をかけてくる。

視線を前方に向けると、街道から枝道が延びていた。

各州の主要都市から帝都に続く街道には、帝都街道という名前がつけられている。北狼州の帝都街道は、帝都永京から草嘉までを繋いでいた。目の前にある枝道を進めば、雪凌郡へと続き、墨家の治める雪凌の都に至る。

帝都街道の名については、時折、北狼州の郡主のあいだで議論の種になっていた。

張家派閥は、草嘉へ続く道のみが帝都街道と呼ばれることは、皇家が張家を北狼州の代表であると認めている証だと主張する。墨家派閥は、街道の名などは便宜上決められただけだと否定しつつも屈辱を噛みしめる。隣り合う二つの郡を中心とした派閥争いは、同じような意地の張り合いと軋轢《あつれき》を至る所に抱えていた。

「張家にいくとお話ししたはずです。このままお供させていただきます」

「そうか、気持ちは変わらぬか。残念だな」

「おい、小娘。さっきから不敬だぞ」

先頭から、不満を隠そうともしない声が聞こえてくる。護衛の対象である三品位の貴人と、後宮の侍女が気軽に話をしているのが気に障ったようだった。

烈舜がつけた護衛の一人で、名を燕雷《えんらい》という。いかにも精鋭軍の中で揉まれてきたといった荒々しい雰囲気の若者だった。服装は行軍中の禁軍の鎧から、紺色の動きやすそうな旅装束に着替えている。

「そう声を上げるな、燕雷。この娘とは色々あってな、この程度の軽口は大目に見てくれ」

諌めるように李鷗が声をかける。燕雷と李鷗も、顔なじみであるらしかった。これまでも護衛を務めた経験があるのか、互いに信頼しているのがわかる。

「李鷗さまがおっしゃるのなら、多少の不敬は目をつぶります。けれど、俺たちの任務は、李鷗さまを守ることです。この小娘はついでとお考えください」

燕雷は不服そうに答えながら、気に食わないと言いたげな視線を明羽に向ける。

「別に、私のことは守っていただかなくて結構です。いざとなれば、自分の身は自分で守るつもりですので。いかなる時も、李鷗さまのお命を優先してください」

「言われなくてもそうするさ。生意気な娘だな。俺の娘がお前みたいに育ったらと思うとぞっとするぜ」

燕雷の言葉に、後ろに続く兵士の笑い声が重なる。これまでの道程でも、燕雷は何度か娘の話を口にしていた。またそれか、と呆れられているかのようだった。

三品位の護衛がたった三人とは心許ないが、秘密裏の行動であるため目立たないようにしたいという、李鷗からの要請で人数を絞った結果だ。その代わり、選ばれたのは第一騎兵の中でも屈指の実力を持つ兵士だという。

「でも、意外でした。李鷗さまは馬に乗れたのですね」

明羽は、自分の隣で葦毛《あしげ》の馬に跨る三品位を見る。姿勢や手綱の取り回しにぎこちなさはあるが、馬術の基本は身についていた。

「馬に乗るのは、宮城に勤める者の嗜《たしな》みの一つだ。先帝祭礼でも乗っていただろう」

「また不敬なこと、と言いたいところですが、それについては、その小娘の言いたいこともわかりますね。てっきり宮城の文官の皆さまは、幼い頃より学問ばかりを叩き込まれてきたのかと思いました」

「貴族の嗜みとして一通りは学んできた。もっとも、今の速さで歩かせるのが精一杯だがな。武術の方もからっきしだった。俺の剣は子供が箒《ほうき》で遊んでいるようだと、妹によく笑われたものだ」

「李鷗さまが剣術の稽古をしているところなんて、想像もできないですね」

明羽が言うと、燕雷は我慢できなくなったように吹きだした。

李鷗は口惜しそうに「いいかげん無駄口をたたくな」と言って顔を背ける。

しばらく話しているうちに、明羽は出立した時に感じた、男に対する怯えと不快感が薄らいでいくのを感じた。

來梨の計画はあまりに適当だったが、李鷗と出会えたことで順調に進んでいる。

後宮の外出許可は十日。四日目の日暮れまでには、草嘉郡にたどり着けるだろう。

きっと、張家から後ろ盾を取り付けて戻ります。

明羽は馬上で姿勢を正すと、遠い後宮で、侍女の身を案じているであろう主を想った。

◆◇◆◇◆

北狼草原を発ってから半日後。

五人が森を抜けると、眼前に巨大な都市が見えてきた。

「あれが北狼州の二大都市の一つ、草嘉の都だ」

李鷗が告げる。丘陵が広がり、木々の密集地が点在する大地の先に、張家の治める都が広がっていた。

すでに日は傾き始め、街並みは橙色に染まっている。

「帝都に負けず、守り難そうな街ですね」

燕雷が軍人らしい視点で街を評する。見晴らしの良い丘陵地の中央にあるにもかかわらず、外壁のようなものはなかった。さらに、街の周りに点在する森や丘は、敵の姿を見えにくくする障害となり得る。

「北胡は草原の民。華信国に併合されるまでは、一つのところに根付くことなく旅をしていました。都市を壁で囲うなどという発想はないのです。敵が来たならば打って出るか、家財を持って逃げます」

「はなから籠城戦《ろうじょうせん》なんざ想定してないってことか。立派な心掛けだな」

燕雷が笑いながら、馬の首筋を優しく撫ぜる。

「張家の当主とは、いつお会いになるのですか？」

明羽は、もっとも気になっていることを尋ねる。

「到着後すぐだ。草嘉の都に入ったら、そのまま張家に向かって面会する。何時《いつ》でも取り次いでもらえるように書状で依頼済みだ」

「それは、手際のよいことで」

「訪問の目的は、北狼州の州守を訪ねる用事があったため、ついでに挨拶に伺うということにしてある。宗伯さまは聡い御仁だ。道すがら話した謀反の話は、顔にも出すなよ」

「わかりました。でも、宮城の秩序を維持するお役目の李鷗さまが、州守に会う用事があるなどと言って、信じてくださいますか？」

「密命だと言えばそれ以上は詮索《せんさく》してこないだろう。長らく宮城におられた方だ、そのあたりは心得られておられる。お前が來梨妃の名代としてやってきたことも俺から伝える。それまでは余計なことを話すな」

天藍石の瞳には、愁いを帯びた光が瞬いていた。

明羽は李鷗の様子にいつもと違う張りつめたものを感じたが、それを口にすることはできなかった。


街の入口にあった厩に馬を預け、市中を歩いて張家の屋敷を目指した。

郡主である張家の邸宅は、都市の中央に建っていた。

北狼州の建物は、皇領の後宮のように飾り立てるのを好まない。木は木目のまま、赤土の瓦は朱色のまま、本来の色彩や特色を生かすことを美徳としている。

装飾一つない黒木の門は、宮城の舎殿にも見劣りしない荘厳《そうごん》な雰囲気を持っていた。

李鷗が門前の衛士に訪問を告げると、しばらく待たされた後で中に通される。

屋敷まで続く石畳の小径《こみち》を歩きながら、明羽はそっと白眉に触れた。

『これが張家か。ざっと莉家の倍以上の広さはあるね。衛士の数なら三倍だ』

どうやって当主に後ろ盾になってくれと頼めばいいのか助言が欲しかったのだが、得意げに響いたのは、聞いてもいない情報だった。

白眉の言う通り、屋敷は広く、あちこちに衛士が立って警備が厳重にされていた。

屋敷に入り、李鷗を出迎えたのは誠実そうな好青年だった。

身に纏うのは、北狼州の象徴でもある狼を縫い付けた灰色の胡服。青年の背後に控える家来たちも、一様に胡服を身に纏っていた。

「ようこそお越しくださいました、李鷗さま。明晰な秩宗尉のお噂はこの北の地にも届いております。私は、宗伯の子、呂順《りょじゅん》と申します」

「お名前は伺っている。長らく宗伯さまが宮城務めをしていたあいだ、当主代理として草嘉郡を治めておいでだったとか」

「とんでもないことです。家臣に助けを求めて右往左往していただけです」

「だとしても、立派なものだ。貴殿のような御子がいるからこそ、宗伯さまは帝都で長きにわたり務めを果たすことができたのだろう」

李鷗は改めて自らも名乗ってから、拱手をして謝意を示す。

呂順は、それに恭しい拱手を返すと、明羽たちを屋敷の中へと案内した。

「護衛は、たった三名ですか？　ご無事でなによりでした。最近は、街道に野盗が出ると噂になっていますので」

「私の連れは腕利きだ、心配には及ばない」

「それは失礼しました。野盗どもはおそらく、雪凌郡から流れてきた者たちでしょう」

雪凌の名を口にした時、爽やかな青年の表情がほんの一瞬だけ歪む。その様子に、明羽は、何世代にもわたって刷り込まれた二家の対立の深さを垣間見た気がした。

「それで、そちらの女性は、奥さまですか？」

思いも寄らない所から話を振られ、明羽は体を強張らせる。

李鷗を見ると、苦い薬草茶でも間違えて口にしたように、顔を歪めていた。

「馬鹿を、言うな」

「そうです。馬鹿を言わないでください」

これまで目立たないように黙っていた明羽も、思わず声を上げる。

不愉快そうに顔を顰めつつも、李鷗に対して、そこまで嫌そうな顔をしなくたっていいだろう、と微かに思った。

「失礼しました。このような場所まで女の方を連れてくるのは意外でしたので」

「この者の素性は、後で、宗伯さまに会った時に話そう」

呂順は一つ頷いてから、意を決したように立ち止まる。

「父に会う前に一つ、心に留めておいていただきたいことがございます。李鷗さまは、最後に父に会ったのは何年前でしょうか？」

「宗伯さまが帝都を離れた時だから、四年前になるな」

「父は北狼州に戻ってから、変わりました。私は帝都にいたころの父をあまり知りませんが、何と申せばよいのか……もう、李鷗さまが覚えてらっしゃる父ではないかもしれません」

「……わかった、心に留めておこう」

「ありがとうございます。では、こちらでお待ちください」

案内されたのは、朝議でも開けそうなほど大きい広間だった。

装飾類はあまりないが、最奥には月に駆け上る狼が描かれた見事な銀屏風《ぎんびょうぶ》がある。

かつて草原を渡りながら暮らす遊牧民であった北胡の民は、床に直に座るのが習慣だ。

広間の奥、銀屏風の前には当主のための濃紺の敷物が、広間中央には明羽たちのための桂皮《けいひ》色の敷物が敷かれていた。

明羽たちが中央に座ると、呂順とその家臣は部屋の隅に並んで座る。

しばらく待つと、廊下を踏み鳴らすような足音が聞こえてきた。

「来よったか、律令小僧が」

廊下から、掠れた大声が響く。

白髪の老人は広間に入ってくると、大げさな音を立てて床に座った。

肩まで届く不揃いの白髪、丸い鼻に突き出た顎《あご》、見る者を威嚇するような大きな目玉が印象的だった。顔が赤く染まっているのは酒に酔っているのだろう。

白い長袍を身に纏い、上から金色の肩掛けを垂らしている。いずれも豪奢な仕立てだったが、男が無造作に着崩しているせいで台無しだった。

「その呼び名は、おやめください」

「よく覚えてるぞ。まだ官吏になりたてのころ、何人もの男が、お前の美しさに惹《ひ》かれて近づいては、律令に反すると訴えられて捕まった。見た目に騙されて近づくとひどい目に遭う、美人局《つつもたせ》の律令小僧などと陰口を叩かれていたな」

「まったく人聞きの悪い噂です。私は、自ら誰かに近づいたことはありません。近づいて来る者たちの目に余る行為を戒めただけです」

「お前のせいでどれほどの者が降格し、懲罰を受け、監獄に送られたことか。些細《ささい》な違反をあげつらって、さぞや楽しかっただろうな」

貴族とは思えぬほど品がなく、嫌味な口ぶりだった。かつてあらゆるものを見通すと称された元秩宗尉の面影も感じられない。

だが、李鷗の反応から見て、目の前の男が、張家当主・宗伯なのは間違いなかった。

「私は、律令に基づいて行動しただけです」

「たしかに、お前ほど律令に忠実な官吏はいなかった。まぁ、忠実になったところでなんの役にもたたたんがな。華信律令をすべて覚えているなど、ただの異常者だ。くだらぬ

くだらぬ」

自分の言葉に、唾を飛ばしながら声を上げて笑う。辺りには酒臭さが広がった。

「今は、昔ほど律令に囚われてはおりません。大局を見ることもできるようになりました。すべて、あなたに学んだことです」

「儂《わし》に学んだか。こいつはいい。儂に学んだ。そいつは皮肉で言ってんのか、てめぇ」

宗伯は急に笑みを消すと、大きな目玉でぎょろりと李鷗を睨む。

「お前は、儂のことを毛嫌いしていただろう。特に、後宮でのことはなぁ」

「そんなことは、ありません」

李鷗は仮面の三品という二つ名の面目躍如《めんもくやくじょ》とばかりに、顔色一つ変えなかった。

「まぁいい。で、いったいなんの用だ？」

「用向きは、文にしたためた通りです。北狼州の州守と詰めなければならぬことがあった。そのついでに、こちらに足を向けさせていただいたのです。帝都勤めの私にとって、老師に会いに行ける機会などそうそうあるものではないですから」

「秩宗尉が、州守といったいなんの密談だ？　そんな小細工で、儂がだませると思ったか。お前、儂が老いたと思って侮ったな！」

宗伯は、周りに控える家臣たちがびくりと体を震わせるような大声で叫ぶと、顎髭をぐるりと指に巻き付けながら続ける。

「お前、この草嘉に謀反の動きありと聞いて、調べにきたのだろう。あの歴史上もっとも愚かな天子《てんし》の言いつけでな」

「父上っ、それは！」

隣に控えていた呂順が、慌てたように声を上げる。

「いいか、よく聞け。儂がどうして宮城を離れ、北狼州に戻ったと思う？」

「父上、それ以上はおやめくださいっ」

呂順が止めようと立ち上がり、宗伯の前に立ち塞がろうとする。だが、白髪の老人は、ぎょろりとした目で李鷗を睨みつけたまま、無造作に息子を突き飛ばした。

老人とは思えない力で、呂順は勢いよく尻もちをつき床に転がる。

「儂は、あの暗愚《あんぐ》な皇帝の側にいるのに疲れたのだ。あの男は、皇帝に相応しくない臆病者だ。力を持とうとせず、家臣らに媚び諂《へつら》い、郡主たちのご機嫌をとる。そんなもので築いた平和が、覇道《はどう》なものかっ。あれは、歴史上もっとも愚かな天子だっ」

「力を均衡させて争いを未然に防ぐ。陛下は、優れた政治手腕を持つ御方です。あなたも、帝都にいたころはそれをお認めになっていたはずです」

「儂も命が惜しかったからな、言いたいことを腹の底に仕舞っておっただけだ。あのようなやり方では、いずれ家臣に寝首をかかれ、惨めな死を晒《さら》す」

「私は、そうは思いません」

「もっとも許せぬのは、後宮の怪物の横暴には見て見ぬ振りしていることだ。多くの女どもが血を流し、皇后さえ虐《しいた》げられているというのに、だ。あんな者、さっさと廃してしまえばよいものを」

後宮の怪物が皇太后を指しているのは、明羽にもわかった。

その名が出た途端、今まで、どんな暴言を吐かれても、主を罵られたとしても冷静だった李鷗の表情に、微かな苛立ちが浮かぶ。

「あなたが、それを言うのですか？　それはあなたも同じだったのでは？」

冷たく、刺すような声だった。

気圧されたように、酔いと怒りに任せて声を荒らげていた宗伯の声が止まる。

「私がここに来た理由ですが、おっしゃる通り、州守を訪れる用事などではありません」

宗伯が大人しくなった隙に、李鷗は言葉を続ける。

「こちらの娘を、張家の御当主である宗伯さまに引き合わせたかったのです。この娘は、北狼州より百花輪の貴妃として入内した、來梨さまの名代です」

唐突に話を振られ、明羽は脅かされた猫のように跳び上がりたくなるのをぐっと堪える。

宗伯は、今度はぎょろりとした目玉を明羽に向けた。

助けを求めるために、さりげなく白眉に触れる。

『うまい具合に使われたね。秩宗尉がわざわざ草嘉までやってきた理由としては、確かに説得力がある。ほら、ぼけっとしてちゃだめだ。明羽、君の出番だよ』

白眉に促され、はっとして改めて拱手をする。

「來梨さまの侍女、明羽にございます。このたびは、貴妃の名代としてお願いがあり参上しました。どうか、來梨さまの後ろ盾となってください」

「なるほど、そういう魂胆か。墨家ではなく、この張家を選んだのは褒めてやる」

明羽は來梨より受け取った手紙を取り出すと、恭しく宗伯に向けて差し出した。

宗伯の側に控えていた従者が、手紙を受け取り主へと手渡そうとするが、宗伯はそれを無視した。敵意にも似た視線を李鷗に戻す。

「たわけがっ、秩序を保つ秩宗尉が、百花輪の貴妃に肩入れなどしてどうする！」

「肩入れしているわけではありません。來梨妃には借りがある。ゆえに借りを返しているだけです。これも百花輪の貴妃の実力のうちです」

「くだらん。儂は、百花輪の儀などに興味はない。あの、歴史上もっとも愚かな天子の妃になろうとする女などに、誰が手を差し伸べてやるものか！」

罵声にも似た声で叫ぶと、従者から手紙をひったくり、丸めて李鷗に投げつけた。

「気分が悪い、今夜一晩の滞在は許すが、明日、さっさと去れ。儂の前に、二度とその面を見せるなっ！」

宗伯は立ち上がると、地中にいる鬼でも踏みつけるような足音を立てて部屋から出ていこうとする。

「そういえば、栄貝《えいがい》は元気にしていますか？」

老人が部屋を出る前に、李鷗は振り向きもせずに尋ねた。

宗伯は立ち止まり、恨めしそうに客人を一人ずつ睨むと、吐き捨てるように告げた。

「お前の知ったことか」

宗伯の足音が遠ざかるのを聞きながら、李鷗はゆっくりと目を閉じる。

明羽には、変わり果てた師との再会に、胸を痛めているように見えた。

◆◇◆◇◆

北の都を夜闇が包むと、風は一段と涼しくなる。

寝苦しい夜が続いている帝都では、考えられない過ごしやすさだった。

明羽は北の夜風を感じながら、串に刺さった油揚げを口にする。北狼州伝統の甘味噌を薄く塗った油揚げは、邯尾の村でもよく食べられていた。懐かしい味と共に、久しぶりの落ち着いた食事を噛みしめる。

向かいに座った李鷗は、心ここにあらずといった様子で、出された料理を淡々と口に運んでいる。半分だけ開かれた窓から吹き込む夜風が、二人の間をすり抜けていく。

あれから明羽たちは、呂順に客人用の部屋に案内された。

あてがわれたのは李鷗と明羽で一部屋、兵士たちで一部屋であった。明羽のためにせめてもの配慮として、部屋の奥には衝立《ついたて》が置かれている。手狭ではあるが、ここまでの走破訓練に比べれば極楽のような寝床だった。

食事と酒が振る舞われたが、当主の言いつけで宴などは催されず、張家の者たちは支度を整えると、そそくさと去っていった。

呂順からは、部屋を案内するあいだに何度も「父の言葉は張家の総意ではありません、どうかご容赦を」と謝られた。その様子からは、父親の横暴の尻ぬぐいのために毎日のように苦労を重ねていることが透けて見えた。

「これではまるで、招かれざる客ですね」

明羽が呟くと、反応は正面の秩宗尉ではなく、入口の方から聞こえてきた。

「まったくだ。先々帝の御代を支えた切れ者が聞いて呆れる。百目どころかただのぎょろ目だろ。かつて偉大だった男も、耄碌《もうろく》したらああなっちまうのかね」

扉脇の柱に背を預けるようにして、燕雷が座っていた。

他の兵士二人は別部屋で休み、燕雷だけが護衛のために李鷗の側に控えている。食事はとっていないが、明羽と李鷗が手をつけなかった二人分の酒をちびちびと飲んでいた。

「……あのような人物ではなかった。常に冷静で高潔で、誰よりも陛下を支えようと尽力されていた」

李鷗は食事の手を止めると、独り言のように口にする。

「だから、北狼州に引き籠って耄碌したってことでしょう。息子の様子を見てると、どうやらあれは毎度のことらしい。客人がくるたびにあんな暴言を口にしていたんじゃ、謀反を企てているって噂も立つってものです」

二人分の酒を呷《あお》りながらも、燕雷はまったく酔った様子はなかった。ただ、呆れたように続ける。

「あなたにとっては恩人かもしれないが、陛下への暴言は聞き流せない。反逆罪で宗伯の首を撥《は》ねれば、それでこの件は仕舞いじゃないですかね？」

燕雷の言葉に、李鷗は無言で視線を向ける。張家の屋敷の中だ、どこで誰が聞いているかわからない。迂闊《うかつ》な発言は避けろと告げていた。

燕雷が謝罪するように頭を下げるのを確かめてから、李鷗は口を開く。

「私には、どうにも納得できない。変わったとしても、あの御仁が、陛下のことを批判するとは思えぬ」

「そりゃあ、あなたにとっては大恩がある人物だ。なにかの間違いであって欲しいと思う気持ちはわかりますけどね」

短い沈黙が訪れる。明羽は、重くなった空気を和らげようと、気になっていたことを口にした。

「……最後に尋ねられた、栄貝とは誰でしょうか？」

「宗伯さまが帝都で儲けた妾の子だ。私は子供に好かれないのだが、栄貝だけは不思議と懐いてくれてな、よく律令について教えを請《こ》いにきていた。あのまま大きくなれば、科挙《かきょ》に合格し、官吏になるのも叶うだろうと思えるほど利発な少年だった」

「栄貝さまは、一緒に草嘉の都に移られたのですか？」

「ああ。会えるのを楽しみにしていたのだがな」

「確かに、それほど懐かれていたのであれば、顔を見せないのは不思議ですね。李鷗さまに懐いた子供がいたことも不思議ですが」

「ほうっておけ」

「私も、一つ引っかかっていることがあります。來梨さまが百花輪の貴妃に選ばれたのは、張家と墨家がそれぞれに候補を担ぎ、北狼州が二つに割れそうになったためです。その諍いを治めるために、どちらの派閥にも所属していない莉家から選ばれた。一年ほど前のことです」

「なるほど。陛下に反感を抱き、百花輪に興味がないのであれば、それはありえないということか」

「墨家に反抗したかっただけじゃないですかね。北狼州の名家同士が仲悪いのは有名ですから」

燕雷があまり興味なさそうに口を挟むが、明羽にはとても納得できなかった。

どちらの家から百花輪の代表を出すかという議論は、一触即発のところまでいったのだ。意地だけが理由だったとは思えない。

「少し、夜風に当たって参ります」

食事を終えると、明羽はそう言って部屋を出た。

芙蓉宮の作戦を練り直すためにも、小さな相棒の話を聞いておきたかった。


張家の屋敷周りは、驚くほど警備が厳重だった。

死角を恐れるように、あちこちに衛士が立っている。これだけの警備を夜通し行うとなると、よほどの人員を備えていなければできない。

中庭には、凌霄花《のうぜんかずら》の花が咲き誇っていた。夜の月明かりにも橙色の花弁は美しく映えている。

屋敷から離れた場所にぽつんとある長椅子を見つけ、明羽はひとまず腰を落ち着けた。

涼しい夜風が肌をすべり、草花の香りが心を落ち着ける。帝都では耳にすることのない鈴を鳴らすような虫の羽音が時折聞こえてきては、耳を楽しませた。遠目には、花を楽しみながら夜風に当たっているだけに見えるだろう。

明羽は、腰にぶら下げた眠り狐の佩玉を握り締め、話しかける。

「ねぇ、白眉。どう思った？」

『張家じゃなくて、墨家にいくべきだったね。今からじゃ間に合わないだろうけど』

返答は、明羽が期待していた助言とは程遠いものだった。

「できないことは言わないで。それより、宗伯さまの態度は、本心だと思う？　どうにかして來梨さまの後ろ盾になってくれないか説得できないかな？」

『本心かどうかなんて、僕にはわからないよ。でも、どんな事情があったにしても、皇帝を侮辱《ぶじょく》するような人物に支援を求めるのは危険だ。宗伯が反逆罪にでもなったら、他の貴妃につけ込まれる。もう諦めて、無事に後宮へ戻る心配だけをした方がいいんじゃないかな？』

「そうかもしれない。歴史上もっとも愚かな天子、だなんて三回も言ってたからね。あの人と交渉できるとは、とても思えない」

明羽は呟きながら、夜空を見上げる。

空に浮かぶ月だけは、後宮も北狼州も変わりはなかった。

『……ちょっと、待って。今の言葉……どこかで聞いたことがある』

なにかに気づいたように、白眉が言い淀む。

『歴史上もっとも愚かな天子、その言葉は、真卿《しんけい》が歴史書を編纂《へんさん》した時に使ったものだ。この大地に華信国が生まれる前、凱という国が支配していた。圧政により凱を滅亡に追いやるきっかけを作った凱帝国の皇帝に、斉政《さいせい》という人物がいた』

「それが、どうしたの？」

『いや……ただ思い出しただけ。斉政と同じ言葉で表すなんて、今の皇帝に無礼にもほどがある、と思ってね』

真卿は、白眉のかつての持ち主の一人だ。華信国の初代皇帝に仕え、この国の律令の基礎を造り、大学士寮を建設した偉人として知られている。

歴史学者としての一面も持ち、膨大な書物を残している。宮城の図書を管理する大学士寮の学士であってもすべてを把握している者はいないと言われていた。

そこで、静かな足音が近づいて来るのに気づく。

咲き誇る凌霄花の陰から、橙色の花にも負けぬ美しい相貌が見える。

「こんなところにいたのか。なかなか戻ってこないから、心配したぞ。ここは後宮ではないのだ、あまり勝手にうろつくな」

「燕雷さまは、どうされたのです？」

「酒を飲んで眠ってしまった。無理もない、あの者たちは走破訓練をこなしてこの場に来ているのだからな」

李鷗は少し躊躇うような素振りを見せたが、隣に腰を下ろす。

ふと明羽は、帝都を出て長らく旅をしてきたが、こうして静かな場所で李鷗と話すのは久方ぶりだと気づく。

「それで、なにを考えていた？　お前のことだ、ただ夜風に当たっていたわけではないだろう」

「ご期待されているようなことは、なにも。ところで李鷗さまは、斉政という人物を知っていますか？」

唐突な質問に、李鷗の形のよい眉が真ん中に寄る。

「当たり前だ。官吏になるのであれば歴史も学ばなければならないからな。だが、どうしたのだ、いきなり」

「斉政について真卿さまの編纂した歴史書に、歴史上もっとも愚かな天子、という言葉が出てくるのです。ただ、なんとなくそれを思い出しただけです」

李鷗は、どうして後宮の侍女が、真卿の書いた歴史書の内容など知っているのだ、と驚いた顔をしたが——すぐに、気づいたように真剣な表情になる。

「……それは、本当か？」

明羽はちらりと白眉を見てから、頷く。

「宗伯さまは、真卿を強く尊敬していた。俺にも、色々な本を勧めてきた。真卿が記した書物の中で、大学士寮に残されたものにはすべて目を通していただろう」

「今日、宗伯さまが同じ言葉を用いたのは、ただの偶然ではないかもしれない、ということですか？」

「三度もその言葉を使ったのは、俺になにか伝えたいことがあったのだろう。わざと陛下に叛意《はんい》を持つかのように語ったのも、何らかの思惑があってのことかもしれない」

「皇帝陛下のことは他にも、皇帝には相応しくない臆病者、いずれ家臣に寝首をかかれて惨めな死を晒す、などと言われていましたね」

記憶を手繰り、出てきたのはその二つだった。いずれも、皇帝を元官僚とは思えない言葉で非難している。

「……斉政は、家臣に裏切られ、最後は宮城内の暴れ馬のいる馬小屋に閉じ込められ、蹴り殺されたと伝わっている」

「馬小屋であれば、屋敷の裏手にございました。屋敷から離れているので、衛士の監視もそれほどではないでしょう」

「……来い、ということかもしれん。明羽、お前もついてきてくれ」

「よろしいのですか？」

「呂順にはそういう関係だと疑われていた。夜中に部屋を不在にしていると気づかれた時、そろって夜風にでも当たっていたといえば言い訳にもなるだろう」

後宮の侍女だと知られた後では言い訳になるとも思えず、落ち着かない気持ちになる。助言を求めて白眉に触れると『もしかしたら、來梨さまの後ろ盾になることをお願いできる機会があるかもしれないよ』と言われ、渋々ながら頷いた。


馬小屋の周囲は、衛士の警備は手薄になっており、見咎《みとが》められることなく中に入ることができた。

小屋の中は、馬六頭までを繋げるように仕切りで分けられていたが、繋がっていたのは大人しい白毛の一頭だけだった。白馬は、夜中の侵入者に興味がなさそうな視線を向けるだけで、嘶《いなな》き一つ上げない。

二人が馬小屋の扉を閉め、中ほどまで足を踏み入れたところで、一番奥の仕切りの陰から人影が現れた。

「李鷗、やはり来たか」

天井近くに設けられた格子窓《こうしまど》から差し込む月光に照らされ、男の顔が露《あらわ》になる。

そこに立っていたのは、屋敷で面会した宗伯だった。だが、その表情は、精悍《せいかん》な顔つきに変貌している。猜疑心《さいぎしん》に囚われたようにぎょろぎょろと動いていた目には、遠くを見通す理知的な光が宿っていた。

明羽は、目の前に、魂が入れ替わった全くの別人が現れたように感じた。乱れた髪や着崩した被服はそのままでも、隠者や仙人のように、俗世から離れて諦観の境地に達したがゆえに外見に無頓着になっているだけのような印象さえ与える。

「改めまして、お久しぶりです。老師」

李鷗は心の中の靄が晴れたように微笑を浮かべていた。どうやら、ようやく望んでいた人物に再会できたようだった。

「儂が読めと口煩《くちうるさ》く語っていた、真卿の歴史書をちゃんと読んでいたようだな。お前が気づくかどうかは賭けだったが」

「真卿の歴史書との一致に気づいたのは、こちらの娘です」

「ほう。これは、來梨さまには一つ借りができたな」

「演技がお上手だったので、北狼州に戻ってから人が変わってしまったのかと心配いたしました」

「儂は変わっておらぬ。だが、少し困ったことになった。儂が秩宗尉の職を辞して、北狼州に戻ると決めたのには狙いがあった。宮城ではできぬことをやろうとしたのだ」

宗伯は手を翳《かざ》すと、まずは話を聞けと無言で告げる。

「儂は、寿馨《じゅけい》の所業を見ない振りをしてきたことを、ずっと悔いてきた」

後宮で耳にすることは少ないが、それこそが、皇太后の名だった。

「儂が秩宗尉だったころ、寿馨の権力は今よりも絶大だった。儂は目を瞑《つむ》り、あの女の勝手を許し、時には贈り物を受け取って融通を利かせることもした。私欲のためではない。そうしなければ、国の安寧を守れなかったからだ……すまない。お前の妹が死んだのも、儂のせいだ。恨んでくれていい」

明羽は、北狼州へ向かう道すがら、李鷗に宗伯がどのような人物か聞いた時、複雑そうな表情をしたのを思い出す。

かつての師として信頼し、仕事を教わった元上官として尊敬しつつも、受け入れられない部分があった。それが、皇太后との関係だったのだろう。

李鷗の妹、梅雪《ばいせつ》は妃嬪として後宮入りし、寿馨に虐《いじ》めぬかれ自刃《じじん》に追い込まれていた。

宮城の秩序を守る秩宗部の長でありながら、後宮の権力者に目を瞑ることは、それが国の安寧のためとは理解できていても、許せなかった。

李鷗は、表情を変えることなく問いかける。

「宮城ではできぬこととは、皇太后さまを調べることですか？」

「兎閣さまは、皇太后の力を徐々に削いでいる。蓮葉さまもよく後宮を切り盛りし、あの女から少しずつ権力を奪ってきた。だが、まだあの女に忠節を誓う郡主は多く、一つの軍を動かす力がある。皇帝陛下があの女を廃するには、まだ時間がかかる」

宗伯は、遠く北狼州の地にいながら、正しく宮城の力関係を把握していた。明羽は、百目の文官という二つ名の意味を思い知る。

「儂は宮城を離れ、この北の地から手を回し、あの女をさらに追い詰めてやるつもりだった。あの女を陰で支える者たちを炙り出し、皇帝陛下と蓮葉さまの戦いが一日でも早く終わるように尽力する。それが、この老人の最後の務めと思っていた」

「たとえば、かつてあなたの盟友であった朧元さまなどですか？」

それは、華信国の元宰相であり、今もなお絶大な権力を持ち皇太后の後ろ盾となっていると噂される人物だった。

「朧元か……あれも、儂と同じ、救われぬ男だ」

宗伯は、自嘲するように表情を歪めた。

「だが、北狼に戻ってみると、この地を任せていた息子が……あろうことか、皇太后の信奉者になっていた。恥ずかしいことだ。儂は秩宗部の任務にかまけ、草嘉郡に残した呂順を顧《かえり》みることはなかった。妻が死んだ後も戻らず、手紙もろくに書かなかった。張家の家臣たちがついていれば問題ないと、そう考えていたのだ」

宗伯の声に、後悔が滲む。百目の文官と呼ばれ、あらゆる物事を見通し続けていた男が、自分の足元が見えていなかった。それは、皮肉と呼ぶには余りに凄惨だった。

「あの女は、後宮にいながら密かに呂順に接触していた。息子が感じていた不安や孤独を埋めるような文を届け、息のかかった者たちを密かに張家に送り込み、領内で疫病や不作などの困りごとが起こるたびに手を差し伸べていた――そうして、呂順を心酔《しんすい》させていったのだ」

明羽は、一年前の百花輪の儀の布告の際、張家が自らの郡から代表を出そうと躍起《やっき》になっていた理由を悟る。おそらくは、呂順が皇太后の言いなりとなる貴妃を用意しようとしていたのだろう。

「儂が帝都より戻った時には、もはや張家は儂の知る家ではなかった。家臣どもは挿《す》げ替《か》えられ、呂順は傀儡《くぐつ》になり下がっていた。栄貝は捕らえられ、人質とされた。儂は、この屋敷に軟禁され、宮城を欺くために形だけの当主として利用されてきた」

「栄貝は、無事なのですか？」

「離宮に囚われている。張家に戻ってから一度も会っていないが、手紙のやり取りだけは続けている。まだ生きているのは確かだ」

李鷗の表情に、微かな感傷が浮かぶ。宗伯が帝都を去ったのは四年前。前途ある若者が牢で過ごすには長すぎる年月だった。

「警戒されないように、昼間のような横暴な態度をとっていたのですか？」

「それだけではない。戻って来てから、食事に羊眠薬《ようみんやく》が混ぜられるようになった。頭の血の巡りを悪くして、徐々に思考力を衰えさせる薬だ。おそらく、皇太后の入れ知恵だろうな。もちろん飲んではいないが、呆けた振りをしてやることにした。そうすれば、やつは薬が効いたと安心する。それが狙いだ」

「……謀反の噂を流したのも、あなたですね」

「その通りだ。ああやって外から客がくるたびに陛下を批判しておけば、謀反の疑いありとの噂は自然に広がるだろう。他にもいくつか小細工はしたがな。そうすれば――いずれ、帝都から、お前がやってくる」

「なぜ、今なのです？　宗伯殿が帝都を去られて四年です、もっと早く宮城に助けを求めることはできなかったのですか？」

「皇太后と呂順の関係を知り、儂は待つことにしたのだ。力を失いつつある皇太后が、大きく動くのをな」

明羽には、月の光に照らされた老人の目が、怪しく光るのを見た。

「寿馨はかつての力を失いつつあるが、あの女の政治手腕は本物だ。でなければ、後宮を三十年も支配できるものか。あの女は、このままでは陛下に太刀打ちできなくなることをすでに悟っている。ゆえに――力を失う前に、大きな賭けに出ると踏んでいた。そして、事は儂の思惑通りに動いた。恐ろしいほど大それた企みだが、この企みを止めることができれば、あの女を支持する者を一網打尽にできる」

「皇太后の企みの全容は、宮城も摑んでいない——それを、摑んだというのですか？」

「呂順が寿馨に心酔しているのを逆手に取って、動きを監視していたのだ。呂順は、張家の者たちはすべてが自分の命令しか聞かぬと思っているようだが、儂を甘く見すぎだ。そして、皇太后は、此度の企みの歯車として呂順を大いに利用してくれた。儂の手元には、面白いほど情報が転がり込んできた。それを陛下へ届ける役目を、お前に頼みたい」

「それが、私をこの地に呼んだ本当の理由でしたか。では、この場で、すべての情報を話していただけるということですか？」

「企みについては話そう。だが、最後のもっとも肝心な情報が、まだ手元にはない。それは、企みが行われる日時と場所だ。明日の朝までには手に入れ、お前たちが発つ時には渡すことができるはずだ。それを受け取ったら、呂順に気取られる前にさっさとこの地を去れ。呂順は皇太后に心酔し、冷酷な男になった。儂も栄貝も、今は利用価値があるため生かされている。だが、少しでも疑いを持てばあっさりと殺すだろう。実の親だろうと、宮城からきた三品位だろうとな」

明羽にはとても信じられる話ではなかった。もしこの場に燕雷がついてきていたら、耄碌した老人の戯言《ざれごと》だと無遠慮に言い放っただろう。

けれど、李鷗はかつての師を見つめ、異なる結論を出した。

「わかりました。その役目、お受けいたします」

短い沈黙の後、宗伯はふっと表情を緩め、急に視線を明羽へと向ける。

「すまぬな。この件が明るみに出れば、張家は取り潰しになるだろう。來梨さまの後ろ盾にはなれぬ」

咄嗟《とっさ》のことに明羽が反応できずにいると、隣から淡々とした声がした。

「私は、そうは思いません。張家は建国以来、皇家を支えてきた名家です。当主の首を挿げ替えるだけで済むでしょう」

「……そうか。そうなれば、栄貝ならば、きっと來梨さまを支援するはずだ」

「期待しております」

明羽はようやく自分の役目を思い出し、片膝をついて拱手をした。

「それで、師よ。皇太后の企みというのはなんでしょうか？」

李鷗が問いを口にした途端、馬小屋の中が暗くなった。

天井近くの窓から差し込んでいた月光が、雲に遮られて届かなくなったためだ。

雲が通り過ぎ、再び月が老人を照らし出した時には、今の僅かな一瞬で年老いたかのように憔悴していた。

「あの女は、この国を牙《きば》の大陸へ売り渡すつもりだ」

宗伯は、自らの胸の内に溜めていた秘密を、静かに吐き出した。

◆◇◆◇◆

朝日が昇ると、明羽は旅装束の動きやすい襦袴に着替えて庭に出た。

昨夜の宗伯から聞いた話のせいで、寝起きの頭はいつになく明瞭だった。

まだ李鷗も、張家の者たちも眠っており辺りは静けさに包まれている。心地よい静けさの中、そっと白眉を右手に巻き付けて、飛鳥拳の型の稽古を始めた。

『まったく。こんな時までやらなくていいのに。君も物好きだね』

足を蹴り上げてぴたりと動きを止めたところで、頭の中に相棒の声が響いた。

「体を動かしていないと、落ち着かないの。それに、旅のあいだは一度も稽古ができなかったからね」

『あまり目立たないようにしなよ。もう手遅れかもしれないけど』

呆れたような呟きを残して、白眉の声が聞こえなくなる。

昨日の宗伯の話について相談したかったのだが、拍子抜けする。すぐに、その理由がわかった。

「へぇ、なかなか筋がいいじゃないか。第一騎兵は特別だが、他の隊の兵士とならいい勝負になるだろうな。そこまで使えるやつは、なかなかいないぞ」

燕雷が、庭の隅にある石の上に座っていた。いつから見られていたのかはわからないが、白眉との会話は聞かれていなかったらしい。

「それは、ありがとうございます」

「昨日はすまなかった。すっかり寝入ってしまったようだ。まぁ、ちょっとでも殺気があれば跳ね起きたから、仕事してなかったわけじゃないけどな」

燕雷は欠伸《あくび》を咬《か》み殺す。

眠っている間に、明羽と李鷗が部屋を抜け出していたことにはまるで気づいていない様子だった。

「なんだかお前を見てると、娘の育て方について悩みが増えちまうな」

「どういうことでしょう？」

「俺は、娘には剣術も拳法もなにも教えてこなかった。ただ、可愛い可愛いといって育ててきた。愛想よく人当たりがよく、それだけでいいと思ってたし、それが当たり前だと思っていた」

「そうですか。それはそれで、よろしいのではないですか？」

「でも、お前みたいな女がいてもいいなって思ったんだよ。無愛想で、不機嫌そうで、三品位さまにも言いたいことをずけずけ言って。自分の身は自分で守るのが当たり前だと言わんばかりだ」

「とても褒められているように聞こえません」

明羽の眉間に皺が寄り、意図していなくても睨みつけるような表情になる。

「俺も娘に、武術でも教えるかな。女子供を守るのが男の役目だと教わってきたが、守られるのが女の役目じゃないよな」

燕雷の考えていることはよくわからないが、その言葉には、はっきりと同意できた。男に守られるつもりなど毛頭ない。そのために、後宮まできたのだ。

その時だった。急に騒々しい足音が響き、女官たちが慌ただしく走っていく。

「なにか、起きたようだな」

部屋の扉が開き、すっかり身支度を整えた李鷗が姿を現す。

明羽は慌てた様子の女官を呼び止め、なにがあったのかを尋ねた。返ってきた答えは、驚くべきものだった。

「御当主が、お亡くなりになりました」

燕雷が、本当かよ、と声を上げる。

けれど、明羽と李鷗には、それがただの偶然には思えなかった。

家臣たちに案内され、李鷗と明羽は、宗伯の亡骸《なきがら》が置かれている部屋に入る。

かつて秩宗尉であり張家の当主だった男は、眠っているように布団に横たわっていた。

周りには張家に仕える臣下や奉公人が数人集まっているが、誰の顔にも悲しみはない。

厄介者がいなくなったと安心しているようにすら見える。

李鷗は人々の間を縫って近づくと、宗伯のすぐ傍にしゃがみ込む。

「……宗伯さま」

惜しむように声を上げると、手を握る。

冷たい手、力なく口を開いたまま固まった表情、布団から突き出したぴくりとも動かない足、すべてが、もはやそこに魂がないことを伝えていた。

首筋を見ると不自然な赤い斑点《はんてん》が目についた。嫌な予感が、荊《いばら》のように胸に絡みつく。

「これはこれは、李鷗さま。おはようございます」

背後から、誠実そうな若者の声がする。

振り向くと、呂順が立っていた。

その表情にも悲しみの色はない。それどころか、良い朝だとでも言いたげな微笑を浮かべている。

「お父上のこと、お悔やみ申し上げる。それで、宗伯さまはどのようにして亡くなったのだ？」

李鷗が尋ねると、呂順は申し訳程度に寂しそうな表情を作った。

「はい。朝になって女官が起こしに部屋を訪ねたところ、冷たくなっておりました。すぐさま医者を呼びましたが、すでに命はなく、おそらくは寝ている最中に発作でも起きたのかと思います」

「なにか病にかかっていたのか？」

「持病はありませんが、もう歳でしたし、不節制な生活をしておりました。急な発作に襲われたとしても不思議はありません」

「ずいぶん、落ち着いているな」

「……正直に申しますと、ほっとしています。父の態度にはいつも悩まされておりましたから。特に最近では、陛下の非難を憚ることなく口にするようになり、虚言や妄想で怒鳴《どな》ることも増えておりました。いつ張家が取り潰しになるかと恐れさえ覚える毎日でした」

呂順は心の底から安堵《あんど》したような様子で答える。

隣で聞いていた明羽は、頭の中が混乱するのを感じた。

昨日、広間で面会した宗伯のことだけを思い出せば、呂順の気持ちには共感できる。馬小屋での宗伯の話を聞いていなければ、長らく抱えていた心労からやっと解き放たれた当主代理に同情さえ覚えただろう。

「そうか、苦労をしたようだな」

李鷗は、ささやかな労いを口にする。

馬小屋で陰謀を語った宗伯と、目の前にいる誠実そうな呂順のどちらを信じるべきか。宗伯が語ったことは真実だったのか。孤独な老人が描いたありもしない妄言だったのかもしれない。本当にただ病で息を引き取った、たったそれだけということはないのか。

ほんの一瞬、なにを信じるべきかが揺らぐ。

だが、次の呂順の言葉で、明羽の中の迷いは掻き消えた。

「……ところで、李鷗さま。昨夜、ずいぶん長い間、お部屋からいなくなっていたようですが、どこにいらっしゃったのですか？」

呂順の声には、隠しきれていない猜疑心が絡みついていた。

「あぁ、少し庭園を歩いていた。凌霄花が、見事に咲いていたからな」

「同じ時間に、父も部屋から姿を消していたのです。父と、会いませんでしたか？」

「いいや、宗伯さまと最後に会ったのは、広間で面会した時だ」

「そう、ですか」

ふと、視線を感じて振り向く。

呂順の家臣たちが、粘つくような疑り深い眼差しで、じっと明羽と李鷗を見つめていた。

「申し訳ありませんが、これから忙しくなります。李鷗さま、ご出立されるのであれば早めにお願いします。それが、亡き父から貴方への命令でもありました」

「あぁ、わかっている。宗伯さまの葬儀に立ち合えぬのは残念だがな」

李鷗は、かつての上官に別れを告げるように宗伯に向けて拱手する。

「すまぬが、出立の前に、宗伯さまの形見を一つ分けていただけないだろうか。私にとっては、官吏としてのすべてを教わった恩人なのだ」

「構いません。父の部屋へ案内いたします、どうぞお好きにお選びください」

明羽は、少し遅れて李鷗の思惑を悟る。

出立前に、皇太后の陰謀を食い止めるために必要な、日時と場所の情報を渡すと告げられた。だが、呂順も家臣たちも、宗伯がなにを語ったのか知らない様子だった。それならば、宗伯の所有していた物のどこかに、渡そうとしていた物が交じっているかもしれない。

呂順に案内され、宗伯の部屋に通される。

そこは、書物の海だった。

壁際にはずらりと書架が並び、本と紙の束が並んでいる。収まりきらなくなった本と紙の束は、床をも侵食していた。読んでは放り投げられ続けていたように床一面に散らばっている。

紙に囲まれるように、中央には机が一つ置かれていた。その上に網籠があり、匙《さじ》や茶碗や薬味入れのような小物が無造作に詰め込まれている。

李鷗は書架に歩み寄ると、隠された伝言がないか確かめようとする。だが、すぐに釘を差すような言葉が入口から聞こえた。

「あぁ、言い忘れました。書物は張家にとって特別なものも交じっておりますのでお渡しすることはできません。どうか、お手を触れることもご遠慮ください」

「……そうか。わかった」

李鷗はしばらく、手を触れずに確かめていたが、それだけでは目当ての情報に辿り着けそうになかった。

「当主が亡くなったのです。できれば手短にお願いします」

急かすように呂順が言葉を足す。その背後では、臣下たちが、早く済ませて消えろ、とばかりに不服そうな視線で並んでいた。

書架を除けば、形見として持って帰れそうなものは机に置かれた小物だけだ。

明羽は、白眉をそっと握った。

この中で、言葉を話せる道具がいれば教えて。

声には出せなくても、尋ねたいことは相棒には伝わるはずだった。

『僕は、見ただけじゃ話ができる道具かなんてわからないよ。それができるなら、君だってもっと後宮で楽ができたはずだ』

頭の中に声が響く。それは、明羽にもわかっていることだった。けれど、この状況で、明羽が小物に触れて確かめるわけにもいかない。

『でも、一つだけ気になる物がある』

李鷗は網籠の中を覗くが、いずれも使い古された日用品ばかりで、情報が隠されているような物はない。

三品位の顔に失望が浮かぶのを見て、明羽は覚悟を決めた。

「李鷗さま、それがよろしいかと思います」

秩宗尉の細い指が、銅製の古びた煙管《キセル》に触れた瞬間、白眉の助言を告げた。

かなり古いものらしく、吸い口には煙管としては使えないほどに青銹《あおさび》が浮かんでいた。だが、装飾部分は綺麗に磨き上げられており、小まめに手入れされていたとわかる。

李鷗が振り向く。天藍石の瞳の問いかけに、明羽は力強く頷いた。

「それでは、これをいただこう」

「お目が高い。その煙管は、父がいつも身につけていたものです。あなたが持っていてくださるなら、父もきっと喜ぶでしょう」

「大切にしよう」

そこで呂順は、些細な用事を思い出したように明羽の方を見る。

「あぁ、そうだ。貴方は北狼州の貴妃、來梨さまの名代でしたね。次期当主として、改めて申しておきましょう。張家は、來梨さまには一切の支援をしません。田舎だから帝都の情報が入って来ないとでもお思いですか？　負けの決まっている貴妃を、誰が助けるというのです」

反論も懇願《こんがん》も聞く気はないというように、呂順はぱっと背を向ける。

「さぁ、出立のご準備を」

背後では臣下たちが二手に割れて道を作る。

李鷗と明羽は、追い立てられるように張家を後にした。

丘陵を登ると、張家の治める草嘉の都を遠く見下ろすことができた。

空は晴れ上がり、北の大都市を美しく彩っている。

まだ出立してからそれほど時間は経っていないが、丘の上で李鷗は馬を止めた。

「少し休もう。彼らに、昨夜の話をせねばならぬ」

李鷗はそう言うと、馬を降り、三人の兵士たちを近くに呼び寄せる。

燕雷を始めとする兵士たちは、昨夜、宗伯と李鷗が交わした密約を知らない。それを聞けば、今朝の張家での呂順の立ち振る舞いは、まったく違う姿に見えていただろう。

「李鷗さま、待っている間に煙管を見せてもらえませんか？」

明羽が尋ねると、李鷗は不服そうな顔で、懐から煙管を取り出す。

「これが、いったいなんだというのだ。調べてみたが、なんの手掛かりも見つからん。どうしてこんなものを選んだ」

「勘、でございます」

「まさか、お前からそんな言葉を聞くとは思わなかった。まぁいい、好きに調べろ」

李鷗から煙管を受け取ると、少し離れた岩の上にしゃがみ込む。

これといった特徴のない古びた煙管だった。延べ煙管と呼ばれる全体が青銅で造られた種類で、吸い口と雁首《がんくび》の部分には椿《つばき》の紋様が彫られている。

明羽は煙管を握りしめ、囁くように問いかける。

「ねぇ、私の声が聞こえるなら、返事をして」

しばらく待つが、声は聞こえない。

李鷗は、昨日の出来事を三人の兵士たちに説明していた。明羽は、自分の様子を気に掛けている者がいないのを確かめてから、左手に白眉を握って話しかける。

「白眉、どうしてこれを選んだの？」

『僕はね、こいつを知ってるんだ。おい、しらばっくれないでよ。僕と同じお前が、なにも話せないわけないだろ』

頭の中に声が響くが、後半は明羽に向けられたものではなかった。

それに答えるように、あか抜けた女性の声が聞こえる。

『……あら、翡翠の狐なの。想像していた通り子供っぽい声ね』

明羽はこれまでの経験から、同時に二つの道具に触れることで、道具同士が互いの声を聞けることを知っていた。煙管と佩玉は、勝手に会話を始める。

『今は、白眉って名前を付けてもらってるよ』

『あっそ。私は、宗伯から銅煙姐《どうえんしゃ》と呼ばれていたわ。そう呼ぶことを許してあげる』

「えっと、知り合いなの？」

『こいつも僕も、真卿の愛用品だったんだ』

そこでやっと、話が繋がる。白眉は、宗伯の遺品の中に、かつて一緒に使われていた道具を見つけたのだ。

『百五十年ぶりに見たけどすぐにわかったよ。宗伯は真卿を崇拝していたというから、君を見つけて手元に置いていたんだね』

『……勝手に、仲間扱いしないでくれる？　あんたは、真卿から美しい娘の翠汐《すいせき》に渡された。それに比べて私は、大学士寮に保管され、学士の爺どもにありがたがられ、べたべた触られながら百年以上を過ごしたのよ。あー、私もいきたかったわ、後宮いきたかったー』

『仕方ないじゃないか。僕は佩玉で、君は煙管だ。翠汐は煙草を吸わなかった』

『そんなことはわかってるわ。でも、腹が立つのは止められないじゃない。私がどんな気持ちで、翠汐に可愛がられているあんたを想像してたかわかるってわけ？』

『そんなの、知らないよ』

『でもまぁ、今の持ち主がそこの愛想の悪い娘だということには同情するけどぉ』

『勝手に同情しないでよ。確かに明羽は無愛想だし、いつも不機嫌そうだけど、僕にとっては友人であり娘のようでもある』

「うるさいなぁ。勝手に私を通して盛り上がらないでよ」

明羽は、不満の声を上げる。

「それより、宗伯さまについて教えてよ」

『そうだった、宗伯が僕たちに大事な情報を託そうとしてたんだけど知らない？』

それまで恨めしげに不満を連ねていた煙管が、急に黙る。

青銅の筒の中で話すべきことを整理したような間を置いて、再び声が響いた。

『……宗伯は、あんたたちに情報を託すつもりなんて初めからなかったわ』

『じゃあ、僕たちに嘘をついたの？』

『そういうことになるわね。でも、情報を入手していなかったわけじゃない。呂順は用心深い男よ。宗伯は常に見張られていた。夜中に部屋を抜け出せば、不審な動きありとして殺されるとわかっていた。だから、殺されて探られても奪われない場所へ形を変えて残しているわ』

明羽は、昨夜、馬小屋で出会った宗伯を思い出す。

爛々《らんらん》とした瞳で話す老人は、とても死を覚悟していたようには見えなかった。

「どこにあるの、教えて？」

『おそらく、だけど。栄貝が持っている』

栄貝は、呂順の異母兄弟であり、現在は、離宮に幽閉されている人物だった。

「つまり、昨夜の時点で情報は揃っていたということ？　どうしてそんな回りくどいことをするの？」

『宗伯は、素直に頼み事ができるような男じゃないわ。あの男が、いったいなにを考えていたのか、わからない？』

『……情報が欲しければ栄貝を助けろっていうのか。宗伯は命を賭けて、華信国だけじゃなく、息子の命をも守ろうとしたってことだね』

「皮肉ね。呂順だって、息子なのに」

明羽は、思わず呟く。

帝都から遠く離れた場所で、まったく顧みられることのなかった呂順が、皇太后に心の弱さを見抜かれて、上手く利用されたのがわかる気がした。

持ち主だった男を否定され怒るかと思ったが、返ってきたのは淡々とした声だった。

『宗伯は優秀な男だったけど、人としては、ううん、親としては最低な部類だったわ』

ただその口調は、決して持ち主を嘲《あざけ》っているわけではなく、そういった捻《ひね》くれた部分も含めて認めていたかのようだった。

『あっちも、話が終わったみたいだね』

白眉の声に、顔を上げる。

固まって話し込んでいた李鷗たちは、分かれてそれぞれに自分たちの馬に跨ろうとしていた。近づくと、李鷗が自分の馬を引きながら問いかけてくる。

「どうだ、その煙管からなにかわかったか？」

「はい。一つ、李鷗さまにお伝えしたいことがあります。どうやら、宗伯さまが李鷗さまに託すと言われた情報は、栄貝さまが持っておられるようです」

天藍石の瞳が、思いもよらない言葉を耳にしたように妖しい光を弾く。

「……どうして、そのようなことがわかった？」

「今、この場で理由を示すことはできません。ただ、張家に戻り、なんとかして栄貝さまにお会いするのがよろしいかと」

「理由がわからなければ、そのような決断はできぬ」

李鷗は責めるような口調で言うと、明羽の手元にある煙管に視線を向ける。

「だが、栄貝が情報を持っているという可能性は十分に考えられるな。宗伯さまは、栄貝を溺愛していた。年老いてできた子はかくやという格言そのままのようにな」

そこまで呟くと、仮面の三品と呼ばれる男は、懐かしむように頬を緩める。

「息子のために自らの命を犠牲にし、皇家をも利用するか。あの御仁の考えそうなことだ。まったく、死んでも食えない人だな」

「では——今一度、草嘉の都に戻りますか？」

「いや、それはできない。今は、この場所を一刻も早く離れるのが先決だ。宗伯さまから聞いた話に先ほどの呂順の態度を合わせて考えるならば、張家は俺たちをこのまま皇領に帰すつもりはないようだ」

「……まさか、三品位である李鷗さまを襲う、というのですか？　そんなことをすれば、華信国に弓引くのと同じことです」

「むろん、表向きは張家が手を下したことにはしない。野盗に襲われたとでも仕立てるつもりだろう。襲われるとすれば、草嘉の都から十分に離れてからだ。皇太后の後ろ盾があるのなら、張家が責めを負うことはない」

「死体が出なければ、なお好都合ですね」

から、気軽な声で燕雷が言葉を付け足す。

宗伯さまが亡くなった今、栄貝さまはもう生かされている意味がありません。

おかしくない」

に死んだとなればさすがに目立つ。大人しくしていれば、す
下手に戻って疑惑を抱かれる方が危険だ。今は、とにかく体
とだ」
すぐに栄貝さまをお助けするのは諦めるしかなさそうですね」
まの眠り狐の佩玉が助言をくれる。
さりと私たちを草嘉の都から出したということは、街道の途中で
でに整っているということではないでしょうか？」
まま口にすると、李鷗は、やっと話が通じるようになった、とばか
て見せる。
「その通
家は、俺たちが帝都へ戻ると踏んで、帝都街道のどこかで待ち伏せし
ているだろう。だから、どうすれば意表をつけるかと算段をしていたのだ。帝都街道を外れて、さらに北に逃れる。犬猿の仲の墨家領内に入れば追ってはこない。それに、ここから第一騎兵が演習を行っている北狼草原に戻るよりずっと距離が近い」
「張家の後は、墨家ですか」
明羽は頭の中で日数を計算する。後宮の外出許可は十日。残りは五日ある。帰りの旅程を考慮しても、まだ数日の余裕があった。そこまで考えて、小さく頷く。
「ここからは時間との闘いとなる。帝都ではなく墨家を目指そうとすれば、すぐに気づ

くだろう。おそらく、追っ手を差し向けてくるはずだ。だから、帝都街道から逸れてからは全速力で走り抜ける必要がある」

「その作戦には、一つ気がかりなことがございますね」

明羽は手に持っていた煙管を、李鷗に返しながら尋ねる。

「李鷗さまは……ここにいる皆さまの馬に、ついてこられますか？」

同じことは、他の兵士たちも気になっていたのだろう。燕雷が顔を歪めるように表情を崩して告げる。

「お前、言いにくいことをあっさり聞くな」

「もしよければ私と一緒に乗りますか？　私も李鷗さまも細身ですし、武具もありませんので、二人で皆さま一人分くらいの重さかと。馬への負担もそれほど大きくはないかと思います」

「妙案ですね。李鷗さま、それが良いですよ」

燕雷が言うと、他の兵士二人もそれぞれに頷き賛同する。

「心配はいらん。ちゃんとついていくさ」

普段は感情を表に出さない李鷗が、意地になったように答える。

それからすぐに準備を整え、一行は墨家の治める雪凌郡へ向けて出立した。

◆◇◆◇◆

北狼州の大地は、南と北で全く違う顔を見せる。

丘陵地と草原が広がる南に対して、北は針葉樹の森と岩場が多くなる。明羽たちは両脇を岩場に挟まれた街道を馬で駆けながら、追っ手から逃れていた。

「李鷗さま、もうすぐで下り坂です。しっかり捕まってください」

「あ、あぁ。わかった」

明羽は、男にしては驚くほど細い腕が腹に巻き付くのを感じる。

これほど近くに男がいると、今までなら呼吸が上手くできなくなっていた。

けれど、切迫した状況と、相手が李鷗であるということが明羽にそれを忘れさせた。

そして、背後から流れてくる白梅の香りに心が落ち着くのを感じた。

出立してからの出来事は、すべては李鷗の予想通りであり、明羽の心配通りであった。

帝都街道の至る所には張家の見張りが潜んでおり、街道の先に罠があるのは間違いない状況だった。街道を逸れて墨家の治める雪凌郡へ向かうと、情報はすぐに伝わり、張家より追撃を受けた。

街道から逸れると同時に、先導する燕雷が馬の速度を上げると、李鷗はすぐについていけなくなった。そこで、もっとも疲労していた馬一頭を放し、李鷗は明羽の後ろに相乗りすることにしたのだ。

雪凌郡へ向かう道に逸れてから、襲撃は合計三回あったが、いずれも燕雷たちが撃退した。燕雷によると、相手は明らかに戦い慣れしており、戦働きが得意な傭兵を野盗に仕立てている可能性が高いとのことだった。

『禁軍の精鋭というだけあって、全員強いね。これなら安心だよ』

頭の中に、白眉の声が響く。

明羽は、馬術の技量不足を補うため、白眉を右手に巻き付けていた。補助を受けながら、なんとか燕雷たちの速度についていっている。

やがて日は傾き始め、夕刻に差し掛かろうとしていた。

山岳をすり抜けるように作られた雪凌郡への道は、両脇を岩に囲まれており、場所ごとに影の濃淡が生まれる。

やがて道は峠に差し掛かる。岩に挟まれた峠道を越えれば雪凌郡だった。

郡境を越えて奥深くへ入り込めば、張家の息のかかった者たちは追撃を諦めるはずだ。

明羽は馬を駆けさせるのに必死で、あとどれほどで目的地かなどと考える余裕はなかったが、状況は定期的に燕雷が伝えてくれた。

「あと少しだ、ふんばれっ。今まで襲ってきたやつらは、ただの斥候《せっこう》みたいなもんだ。

足を止めるな、本隊に追いつかれたらこの人数では守り切れないぞ」

先頭を走っていた燕雷が下がって来て、明羽に馬を並べると大声を上げる。

馬を扱うのに精一杯の明羽は、頷いて答えることしかできなかった。最低限の返事を認めると、燕雷は再び先頭へと戻っていく。

「すまんな、迷惑かける」

耳元で、李鷗の声がする。

その声に答える余裕もなかったが、自分の背が李鷗を守っていると思うと、不思議と力が湧いてきた。

突如、背後から低い声が響く。

「背後に敵だ。数は七。得物は槍と弓だ。近づいたら、こちらから牽制する」

声の主は、最後尾を守る禿頭の兵士だった。

白眉も絶賛するほどの弓の腕前であり、今までも敵の斥候に追いつかれそうになるたびに、矢で撃退していた。

「わかった。下り坂になると上を取られる。弓に気をつけてくれ。郡境は近い、無理は必要ない」

もうじき峠を登り切るのを認め、燕雷が叫ぶ。禿頭の兵士は、わざわざ言われなくても問題ない、とばかりに吠えた。

先頭を走る燕雷が峠を越える。

峠を越えてあと少し走れば、雪凌郡のはずだった。

だが、唐突に燕雷の馬が止まる。

理由は、すぐにわかった。

峠を越えた下り坂の先には、両側が岩場となった一本道が続いている。その道を塞ぐように、五十騎ほどの騎馬が展開されていた。

「……なんだ、あの数は」

明羽の背後で、李鷗が声を上げる。

「どうやら、用心深くこちらにも罠を張られていたようですね。ここならば他に逃げ道はない。あいつらは野盗のなりをしているが、全員が練度の高い傭兵です」

隊列や立ち振る舞いで判断したのか、燕雷が淡々と告げた。

すぐに後ろの二人の兵士も横に並び、それぞれに状況を分析する。

「どうします、考えている時間はありません。背後の騎馬に追いつかれれば挟み撃ちにあいます」

「はじめからこの地形を利用して我らを始末するつもりだったか。意表をついて逃げるつもりが、うまく誘い込まれたな」

「燕雷、どうする。あれを抜ける手はあるか？」

李鷗が尋ねると、燕雷はすぐに、いつもの気楽な笑みを浮かべる。

「李鷗さまを中央でお守りしながら、錐の形で突っ込む。それしかないかと」

明羽はすぐに白眉に触れるが、返ってきた答えも同じだった。地形が悪く、他に逃げ道はない。引き返すにしても追っ手によって阻まれている。厳しいが、燕雷の策が最善だという。

「わかった、それでいこう」

李鷗が冷たい声で告げる。

合図もなく、燕雷が駆け出す。

打ち合わせていたように他の二人も続き、明羽も慌てて馬を蹴った。

夕焼けが、岩に挟まれた一本道を朱色に染める。

前方と左右を第一騎兵の精鋭に囲まれ、明羽は置いていかれまいと馬を飛ばす。

後宮で危険な目には幾度もあったが、本物の戦場に出るのは初めてだった。あまりの恐怖に息苦しさを覚える。

そこで、腹に巻き付く腕が、まったく震えていないことに気づく。そのおかげで、なんとか気力を奮い立たせることができた。

全く速度を落とさず突っ込んでくるのを見て、坂道の下で待ち構える傭兵たちに動揺が走るのが見えた。

衝突の瞬間が迫る。

明羽は、衝撃に備える。

けれど、それはこなかった。

吹き飛んだのは、敵兵だった。

燕雷の振るった槍が敵を吹き飛ばし、前方に空間を作る。

第一騎兵。帝都最強の精鋭たち。明羽は、その言葉の意味を、初めて実感した。

◆◇◆◇◆

張家に雇われていた傭兵の頭領・獏突《ばくとつ》は目を疑った。

熊のような巨軀に、岩のように隆起した腕。体中に刻まれた古傷に首筋に残る矢じりの痕。数えきれない修羅場を越えてきた豪傑だった。

彼の理論では、戦力とは兵力だった。戦力差とは兵の数の差だった。

練度によほどの差があれば別だが、獏突が率いるのは、決して弱兵などではない。北狼州では名の知れた傭兵団だ。

張家・呂順からの依頼は、帝都の貴族を野盗に見せかけて始末すること、それも護衛をいれてたった五人。楽な依頼だと思っていた。

だからこそ、余計な策は練らずに、街道を塞ぐように兵を配置したのだ。まともな相手なら、戦力差に屈し降伏してくるだろうと踏んでいた。

だが——違った。

相手は、戦力差を見て怯むどころか、坂を駆け下りた勢いのまま突っ込んできた。

そして、弾き飛ばされたのは待ち構えていた部下たちだった。

獏突はほんの数瞬、目の前で部下たちが斬り伏せられ、血風が舞うのを、動けずに見つめていた。

突入したのは五人だが、中央で守られている二人は戦うことができず、剣を振るっているのは三人だけだ。だというのに、三人は横陣で待ち構えていた傭兵団に食い込むと、そのまま道を斬り開きながら前進していく。

本来であれば、これだけの人数差であれば囲まれて串刺しになるところだ。だが、三人は互いに上手く死角を守り隙がなかった。さらには、狭い一本道で待ち構えていたことを逆手に取られ、一度に対面できる人数が制限されている。

斬り伏せられた者の中に、十年以上にわたって共に戦ってきた仲間の姿を見つけ、獏突はやっと我に返った。

こいつらは、並の兵士じゃねぇ。これ以上は、ただ部下を失うだけだ。

だが——このまま逃がせば傭兵団の名が地に落ちる。

気合を入れるかのように、髪を剃《そ》り上げた側頭部を拳で叩く。

獏突は咄嗟に考えを巡らせ、叫んだ。

「道を開けろ、そいつらを通せっ」

獏突の命令を聞いて、兵士たちと向かい合っていた部下が一斉に離れる。

街道を塞いでいた傭兵団が左右に割れると、その中から四頭の馬が飛び出す。

そのまま、速度を上げて駆け抜けていった。

もちろん、このままいかせるつもりはない。あの男たちは恐るべき強さだったが、中央の馬を守りながら走っているため、速さはない。追いかけるのは容易かった。

「矢を番《つが》えろ。まともに剣でやったら命がいくらあっても足りねぇ。背後から追いかけて全員を射殺す」

遠ざかろうとする背中を睨みつける。

獏突は、屈辱と相手への賞賛を込めて、馬を蹴った。

◆◇◆◇◆

戦場から抜け出すのは、濁った水中から顔を上げるのに似ていた。

明羽は貪るように息を吸い込む。

集団の中にいるときは、体をできるだけ縮めて、必死に燕雷にくっついて進んだ。いつ刃が突き込まれてもおかしくない状況に、息をしている気がしなかった。

抜け出すと同時に、途端に視野が広がる。

「抜けた、やった」

明羽が呟くが、背後から聞こえてきた李鷗の声がそれを否定する。

「いや、戦術を変えただけだ。向こうの頭目も愚かではないようだ」

見渡すと、燕雷を始めとする兵士も同じことを感じていたようだった。険しい目で、背後を気にしている。

明羽には、暗くなってきた岩場の道を駆けながら背後を見る余裕はなかった。代わりに、この場で誰よりも冷静に状況を把握しているだろう白眉が説明してくれる。

『どうやら、まともに戦うのはやめて、背後から弓で射殺すつもりだ。人数は向こうがずいぶん多いし、僕たちは速度が出せない。上手い戦い方だよ』

背後から無数の蹄の音が響き、敵が再び近づいて来るのを知った。

白眉の言葉通りであれば、全員が手に弓を持っているだろう。

いつ、背後から矢の雨が降ってくるかわからない、再び溺れるような恐怖が明羽の胸を埋める。

そこで、周りを走っていた兵士たちが、急に速度を緩めた。

「全員は無理だな。ここは、俺たちが時間を稼ぎます」

燕雷がそう告げる。

「ここまで、けっこう楽しかったですよ」

「明羽さん、李鷗さまを頼みました」

後の二人も反転すると、迫りくる敵に突っ込んでいく。

馬を駆ることに精一杯の明羽は、振り向くことはできない。だから、男たちがどんな顔をしていたのか、確かめることもできなかった。

ただ、耳の中に、男たちの声が反響した。

明羽さん——名前を、呼ばれたことに、信じられないくらい動揺する。

まともに会話をしたのは燕雷だけ、他の二人にいたってはかろうじて名前は覚えているが、どのような人物なのか、故郷に誰が待っているのか、知ろうともしなかった。

また、私は、あの人たちを人として見ていなかった。苦手な男たちとしてしか見ていなかった。

最後に名前を呼んでくれたことは、まぎれもなく、自分のことを認めてくれていた証だった。

後悔が鎖のようにからみつき、明羽の体を鈍くする。

「前を向け、彼らのためにも、俺たちには生き残る責任がある」

背後から、李鷗の声が響く。

さっきまで傍に聞こえてきた敵兵の蹄の音が、遠ざかっていく。彼らを止めるために反転した三人の奮戦のお陰であることは明らかだった。

明羽は眉間に力を込めた。後悔も悲しむのも全部後回しだ。

李鷗の言う通り、ただ前に進むことだけに集中する。

いったいどこまで逃げればいい。もう雪凌郡の領地には入ったはずだ。本当に追撃を諦めるつもりはあるのだろうか。

次々と浮かびあがる不安を、必死で叩き潰していく。

日が沈み、辺りは暗がりに包まれる。夜がくれば、馬を駆る技量の差はさらに顕著になる。不安が、叩き潰せないほどに膨らみ始める。

その時、だった。

銅鑼《どら》の音が、幾重にも重なり響きわたった。

一本道の先、どこに潜んでいたのか、唐突に、墨、の字の旗が無数に掲げられる。

「……墨家の旗」

李鷗の声が、背後から聞こえる。

遠目にも揃いの鎧兜を身に纏い、統率が取れているのが見える。墨家の抱える正規軍。

それも、百を超える大軍だった。

「どうして、こんな国境に墨家の正規軍が」

明羽は呟くが、敵か味方か、迷っている余裕はなかった。

速度を維持したまま墨家の旗へと向かう。

明羽の馬が近づくと、墨家の軍は道を開き、中に招き入れる。

敵対するつもりはないようだった。

墨家の軍に囲まれた場所で、明羽は馬を止める。

振り向くと、傭兵たちが馬を翻して逃げ出していくのが見えた。燕雷たちの姿は、どこにも見つけられない。明羽は崩れ落ちそうな衝撃が足元から這い上がってくるのを感じた。

遠巻きに見守っていた墨家軍の中から、背中の曲がった老人が歩み出てくる。

気苦労の多そうな皺だらけの顔に垂れた目尻。精強そうな軍の中で、あまりにも不釣り合いだった。

身に纏う白地に鷲が描かれた礼装用の胡服から、高貴な身分の文官であることを予想させる。

老人は李鷗の前で拱手をすると、風貌と同じく、気苦労が滲んでいるかのような掠れた声をあげる。

「李鷗さま、明羽さま、お待ち申しておりました。私は雪凌郡の郡相を務める丞銀《じょうぎん》と申します。砦までお越しください、我が主がお待ちです」

郡相とは、北狼州において郡主を補佐する文官の頂点を指す名前であり、宮城でいうところの宰相に当たる地位だ。

つまり、郡相が主と呼ぶのは、墨家の当主である幼い郡主か、摂政政治を行っている郡主の母のいずれかだった。

夜は瞬く間に辺りを包み、黒い帳《とばり》で辺境の地を暗く覆い尽くした。

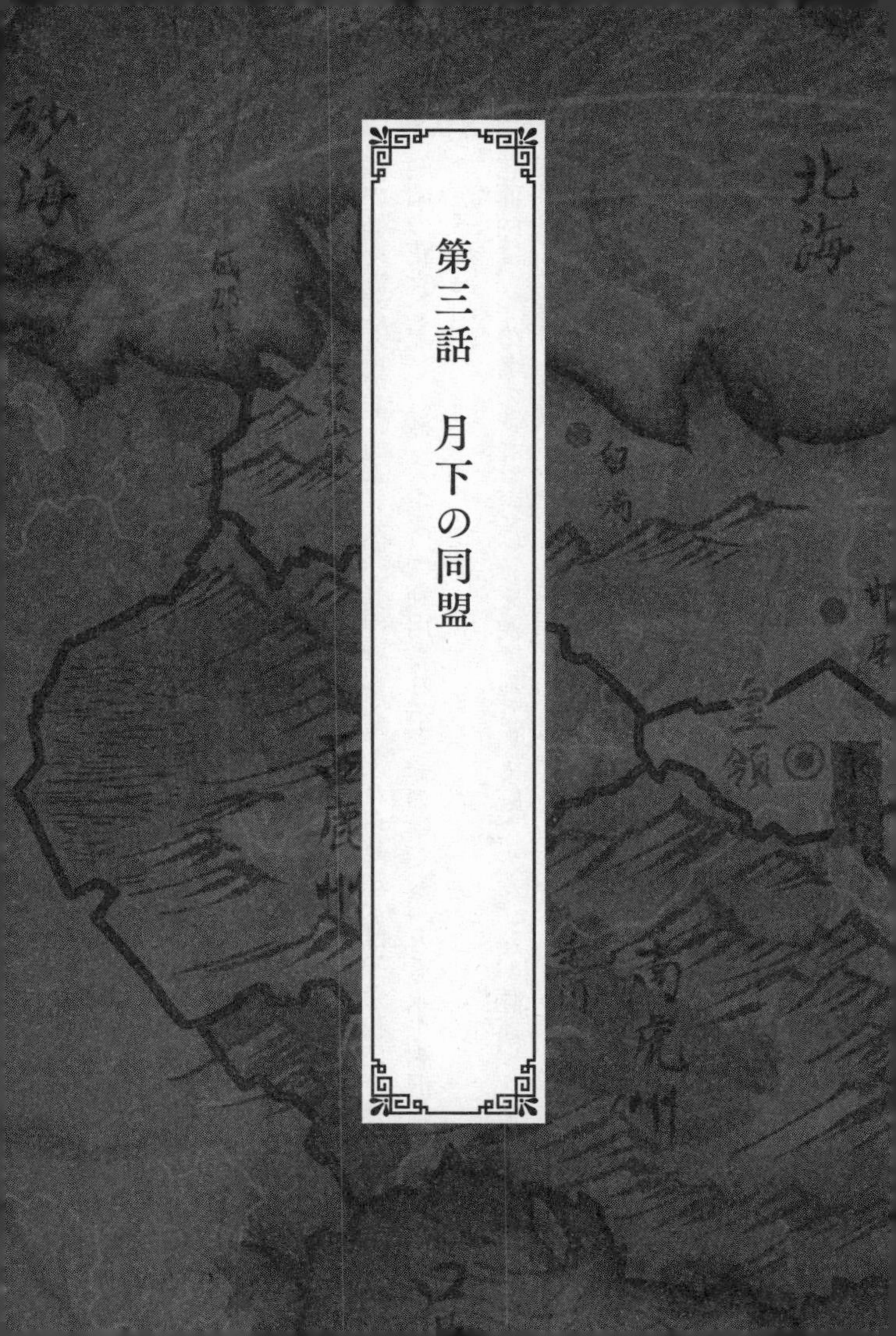

第三話　月下の同盟

明羽《めいう》が雪凌郡に入るよりも、遡ること三日。

後宮では、皇后・蓮葉《れんよう》による納涼の宴が開かれていた。

栄花泉に注ぎ込む水の上流には、三花滝園《さんかろうえん》と呼ばれる庭園があった。

宮城の側を流れる信龍川《しんりゅうがわ》より水路を用いて引き入れられた水は、栄花泉を常に満たし、庭園の花々を潤《うるお》し、様々な場所で利用される。その中でもっとも水を潤沢に使っているのが三花滝園だった。

三花滝園は、その名の通り三つの花を愛でるための庭だった。蓮、睡蓮《すいれん》、百日紅《さるすべり》。いずれも夏に開く花だ。

庭園には広い水場があり、その中央には岩を削って作られた山が鎮座している。傍に設けられた水車が水を岩の上まで運び、不規則に流れ落ちる仮初《かりそめ》の滝が飛沫《ひまつ》を上げて辺りを涼やかにする。

水面には蓮と睡蓮が競うように花開き、水辺では百日紅が彩りながら木陰を作る。涼を感じつつも三つの花を愛でることができる、夏の庭であった。

春に後宮に入内したばかりの來梨《らいり》は訪れるのは初めてだが、蓮葉は毎年、夏になると三花滝園で茶会を開いていた。

水辺に丸い机と椅子が並べられ、艶やかな被服に身を包んだ美しい妃嬪たちが会話と食事を楽しむ様子は、天女が集う天上の湖を想像させた。

宴の主催者である蓮葉は、紅と白の百日紅がしだれかかる木陰に座っていた。

悄然とした表情で、物思いに耽《ふけ》るかのように遠い目をしている。先日の痛ましい事件で負った傷が、まだ癒えずにいるようだった。

來梨はその姿に胸の痛みを覚えながら、侍女を連れて歩み寄る。

「皇后さま、今回はお招きいただきありがとうございます。ご機嫌いかがでしょうか?」

「ええ、とてもいい気分よ。今日は花を愛でるのに相応しい、よい日に恵まれました」

蓮葉は、若い貴妃に向けて笑みを浮かべる。けれどその視線は、來梨を通り越して虚空に投げられ、心ここに在らずといった様子だった。

晴れ渡った空からは強い日差しが注ぎ、大雲が天に続く尖塔のように立ち上っている。水辺の涼を感じるには、この上ない天候であった。

「私は、この三花滝園が、後宮の中でもっとも好きなのです」

「ここが、ですか」

來梨は意外に思う。確かに、涼やかで美しい庭ではあるが、手狭で花の種類も少ない。もっと美しい庭はいくらでもあるはずだった。

「知っているかしら。この庭園は、秋から春にかけては放置されているの。水は濁り、木々は枯れ、朽ちた花と落ち葉が一面に広がっている。夏が近づくと、宦官たちが水辺を掃除し、庭師を呼び入れ、こうして綺麗な庭園を作り上げるの」

庭園は隅々まで手入れされており、冬の名残りなどどこにも見られない。

水辺の向こう側では、黄金妃が派閥の妃嬪たちに囲まれて睡蓮を愛でている。星沙《シンシャ》は涼しげな薄紅の襦裙を纏っており、蓮と睡蓮の花弁によく映えていた。

「花が咲くときだけ、こうして人が集まり、美しい時が過ぎれば人知れず朽ちていく。まるで、この後宮を表しているようではないかしら？」

蓮葉の言葉には、長い年月を経て積み重なった苦しみが垣間見えた。

來梨には、蓮葉がその苦しみを、愛そうとして余計に苦しんでいるように思えた。

「そんな不安そうな顔をしないで。私は、大丈夫よ」

蓮葉の美しい指が伸びてきて、そっと來梨の頬に触れる。

自らに向けられた指の向こうに、後宮の半分を支配する美しい女の顔があった。その表情には、先程までは失われていた威厳が蘇《よみがえ》っている。

「どれだけの季節を、皇后として過ごしてきたと思っているの。あなたたちが、私を心配するなんて十年早いわ」

來梨は、後宮に来たばかりのころ、蓮葉に初めて会った時に受けた衝撃を思い出した。

皇后・蓮葉が、怖くて仕方なかった。今は、その怖さを嬉しく思う。

「失礼、しました」

來梨はもう一度、拱手をして皇后の元を離れた。

芙蓉の側にあった椅子に腰を掛けると、來梨の派閥に入っている唯一の妃嬪である寧々《ねいねい》が近づいて来る。

「安心したわ。皇后さまはご健勝のようね」

來梨は安堵の笑みを浮かべながら、寧々に話しかける。

「來梨さまにはそう見えましたか。私には、かつての迫力が失われてしまったように思えてなりません」

「お疲れなだけよ。最近、皇太后さまのお名前をあちこちで耳にするようになったから」

皇太后が仕掛けたと思われる事件は、八角殿の鳥たちが襲われたもので終わりではなかった。むしろ、きっかけに過ぎなかったかのように次々と耳にするようになっている。皇太后に拱手をした女官が、頭の位置が高いと言われて百杖叩《ひやくじようたた》きを命じられた。鳳凰宮より先に黄金宮に挨拶に行った官吏が落位した。皇太后から贈られた菓子を口にした妃嬪が血を吐いて倒れたなど、ここ最近、後宮内で起きる事件には必ずといっていいほど皇太后の名前が噂された。

「私、色々な噂話は聞くけれど、実際に皇太后さまとお話ししたことはないのよね。あの方は、今までは、特別な用事でなければ鳳凰宮に閉じこもってらっしゃったから」

「來梨さま、この場では、あの方のことはお話しにならない方がよろしいかと思いますの」

それまで黙って後ろで控えていた小夏《シャオシィ》が、声を潜めて囁く。

「小夏の言う通りです。それに、來梨さま、あなたは……あの方とは関わるべきではありません」

「あら、どうして？　まさかとって食べられるわけではないでしょう」

來梨が笑うが、寧々はその言葉に返事をしなかった。

手を腹の上で重ねるように握り締めると、地面に散らばる百日紅の花弁を見つめる。

「……どうしたの？　寧々、顔色が悪いわ」

「申し訳ありません。少し暑さで立ち眩みがしたようです」

「それはいけないわ。あちらで休みましょう」

來梨は、たった一人自分を慕ってくれる妃嬪の手を取り、近くの木陰に歩み寄る。

その時だった。來梨の背後から、さっきまで聞こえていた妃嬪たちの話し声が消え、異様な空気が漂う。

來梨が振り向くのと、優しそうな老女の声が聞こえるのは同時だった。

「おや、涼を求めてやってきたというのに、先客がおったようじゃ」

そこには、皇太后が立っていた。

白を基調とした長衣には銀の糸で蜻蛉《とんぼ》が描かれている。装飾は珊瑚の首飾りと頭に挿した銀の簪のみ。控えめだが、それが身の内の慎ましさを表すものではないことは、誰もが知っていた。

背後には、宦官の長である内侍尉《ないじい》・馬了《ばりょう》と、翡翠妃・玉蘭《ぎょくらん》の姿があった。それに続いて、鳳凰宮と翡翠宮の侍女や宦官が連なっている。人数だけであれば、蓮葉の茶会に呼ばれた妃と侍女の数より多かった。

侍女たちは巣の中に急に猛禽《もうきん》が入ってきた雛鳥のように動きを止めている。

水辺の側に立つ黄金妃は泰然としていたが、今は自分の出番ではないとわきまえているように無言だった。

「皇太后さま、申し訳ありません、本日は納涼の茶会を開いております。馬了には、ここを使うことを話していたはずですが」

蓮葉が立ち上がると、妃嬪たちが割れて道ができた。

「おっとそうでした、皇太后さまのお耳に入れるのを忘れておりました。大変、失礼いたしました」

馬了が慇懃《いんぎん》な様子で言うが、口元には薄い笑みが浮かんでいた。

「仕方がない。せっかく楽しんでおるようじゃ。今日は引き上げよう」

その言葉に、三花滝園の妃嬪たちに安堵が広がる。

「あぁ、そうじゃ、玉蘭。妾《わらわ》たちがここで食べようかと思っていた料理じゃが、せっかくじゃ、ここにいる貴妃たちに振る舞うことにしよう」

「はい、かしこまりました。寿馨《じゆけい》さま」

背後に控えていた玉蘭が、翡翠宮の侍女たちに指示する。

玉蘭が口にした、寿馨とは皇太后の名であり、呼ぶのが許されていることは信頼を得ている証だった。

翡翠宮の侍女の一人が、蓋で覆われた白磁の大皿を持って歩み出ると、近くの机に置く。

蓮葉は無言で、琥珀宮の侍女に、蓋を開けるように指示する。

これまでの経験から、侍女も十分に警戒をしていたはずだった。

だが、恐る恐る開いた蓋の中身を見て、侍女は悲鳴を上げる。赤に青に黄、色鮮やかな鳥たちの丸焼きだった。目は抉られ羽根の先は黒く焦げているが、串に刺され今にも飛び上がりそうに盛り付けられている。

それは、蓮葉が八角殿で大切に育てていた希少な鳥と同じ種類だった。

悪趣味な嫌がらせに、周りの妃嬪たちが静まり返る。

「どれも西方で珍味として食べられるものじゃ。艶やかで綺麗じゃからの。このような賑やかな宴の席にはよく似合うじゃろ」

皇太后だけは、幼子が遊ぶのを見ているかのように、楽しそうな笑い声を上げる。

來梨は、遠くから二人のやり取りを見ていた。

大店の商家でさえ取り寄せるのが大変な鳥ばかりだ。それをわざわざ、皇后への嫌がらせのためだけに丸焼きにする。常軌《じょうき》を逸しているように思える行為だが、皇太后の屈託のない笑い声と混ざると、不気味を通り越し、得体の知れない魔物と対峙《たいじ》しているような錯覚に陥《おちい》る。

「どうした、気にいらなんだか？」

「皇太后さま、贈り物をありがとうございます」

蓮葉は、顔色を変えずに答える。

ここで狼狽《うろた》えれば、皇太后を喜ばせるだけだと誰より知っているのは、他ならない蓮葉だった。

「そういえば東鳳州で、また仲の良い方が隠居なされたようですね、お慶び申し上げます。なにごとにも引き際というものがございます。それを見失う者ほど醜《みにく》いものはございません。私たちも見習わないとなりませんね」

蓮葉が語ったのは、東鳳州の有力な郡の郡主であり、皇太后を支える者たちの中でも屈指の有力者であった男が、皇帝・兎閣《とかく》の命により隠居に追い込まれたことだった。跡目に据えられたのは皇帝の息のかかった者だ。皇太后にとっては痛恨のはずだった。

「あの男に伝えよ、妾はこの後宮から退く気はないとな」

暗い笑みを浮かべた皇太后の瞳の奥には、黒く粘りを帯びた澱《おり》のようなものが漂っていた。

皇太后と付き添いたちの姿が三花滝園から完全に見えなくなると、蓮葉は安堵したように表情を崩した。

無残な姿になった鳥たちを憐れむように見つめると「すぐに、運んで」と侍女に命じる。

そして、さっきまで座っていた木陰に戻ろうと踵《きびす》を返したところで、その体が大きく傾いた。

そのまま、皇后は水辺に向かって倒れる。水しぶきが上がり、蓮葉の周囲に無数の波紋が浮かぶ。悲鳴があがり、琥珀宮の侍女たちが慌てて駆け寄る。

來梨も、すぐに傍に駆け寄った。

そのため、見ることがなかった。

寧々が、皇太后の去った場所を、呪い殺さんばかりの形相で睨みつけていた。

◆◇◆◇◆

後宮医によると、蓮葉が倒れたのは疲労が原因だった。体よりも心が疲弊《ひへい》したのだという。命には別状はないが、しばらく安静にしておく必要があるとの診立《みた》てだった。

納涼の宴はそのまま解散となり、來梨も琥珀宮まで付き従い、後宮医より蓮葉の容態を聞いた後で、芙蓉宮に戻ってきていた。

來梨は一人、庭園の見える窓辺に座り、ようやく蕾がほどけはじめた芙蓉の花を見つめていた。

「……皇太后さまは、怖い方ね。まさか、蓮葉さまを傷つけるためだけに、あんなものを用意するなんて」

呟くが、答えは返って来ない。

いつもなら、どちらかの侍女が必ず傍にいて、思ったことを呟けば答えてくれる。

だが、明羽が不在のあいだは、小夏は芙蓉宮の仕事を取り仕切るのに忙しく、來梨は一人でいることが多かった。

「明羽は、無事でやってるかしら。早く戻って来てくれないと寂しいわ」

廊下から、足音が近づいて来る。

軽やかな足運びだけで、相手が小夏であることがわかった。話し相手がきてくれた、と振り向く。けれど侍女は、軽口に付き合う余裕などない、緊張した面持ちで告げた。

「黄金妃さまが、お見えです」

「あの人は、どうしていつも、約束もなく来るのかしら。きっと芙蓉宮を低く見ているのね」

「それでは、少しだけお待たせいたしましょうか？」

「そんなことできるわけないでしょ。すぐに会うわよ」

來梨は、持ち前の臆病さを発揮し、急いで身支度を整えると、客庁《きやくま》で黄金妃との対話に臨んだ。

黄金妃の服は、先程の納涼の宴のときから変わっていた。宴の趣旨に合わせた涼しげな薄紅色の襦裙ではなく、東鳳州の象徴たる鳳《おおとり》が色鮮やかな捺染《なつせん》で描かれた長衣を纏っていた。

「最近、明羽がいないわね。今日の納涼の宴にも来ていなかったわ」

來梨が席に着くと、星沙は挨拶もせずに尋ねた。

「少し、体調を崩しています」

「北狼州にいっているそうね。莉《り》家の御当主の体調が優れないから、帝都で調達した薬を渡しにいっているとか」

間髪を容れずに、星沙が答える。

相変わらずの意地の悪い会話運びに、すぐにも挫《くじ》けそうになる心を奮い立たせた。

「ご存じでしたか、星沙さまもお人が悪い」

「ひどい言い訳だわ。本当は、莉家に向かわせるつもりはないのでしょう。北狼州の有力な郡主を後ろ盾に引き入れようと画策している、というところかしら」

「い、いったいなんのことでしょう」

「当たりのようね。そんな分かりやすさで、よくここまで生き残ってこられたわ。それはそれで、感心してしまいますわね」

星沙の後ろに控える三人の侍女のうち、阿珠《あじゅ》が我慢できなくなったかのように笑う。

背後には、官僚然とした雰囲気を持つ黒髪長身の侍女長・雨林《ユーリン》と、短く切りそろえた亜麻色の髪に鷹を思わせる鋭い目をした体格のよい侍女・阿珠が立っていた。

さらに後ろにいる侍女の顔は、長身の二人の後ろに隠れているためよく見えない。

「それで、あなたは——最近の皇太后さまの動きをどう思う？」

星沙は、ここからが本題、とばかりに話題を変える。

「同じことを、以前も明羽に聞かれましたね。私の答えも同じです。私にはわかりません。焦っておられるのか、いつもの気まぐれなのか。星沙さまは、なにかお考えがおありなのですか？」

「なにか大きな企みがある。そのために、わざと大小のたくさんの波を起こしているように見えますわ」

「本命の企みを目立たなくするためにやっている、ということですか？　そんなに大事な企みであれば、静かにこっそりやるものではないのでしょうか？」

「後宮で事件が起きると、困るのは誰かしら？」

星沙の問いに、來梨は口をすぼめるようにして考えを巡らす。

わずかな逡巡の後、辿りついた答えは明快だった。

「そんなの、みなさん困っています」

星沙は表情を崩さないが、代わりに、背後の阿珠が再び嘲るような笑みを浮かべる。

口元からは、やたらとするどい犬歯が覗いた。

「そういうことではないわ。事件を調べるのは誰か、ということよ。そこの侍女、小夏といったわね。答えてみなさい」

「後宮の管理を司る内侍部と宮城の秩序維持を司る秩宗部、そのいずれかでしょう」

「その通りよ。そして、内侍部は皇太后さまの傀儡にすぎず、この度の事件はまともな調査を行っていないわ。おのずと、やっかいな仕事は秩宗部に持ち込まれる。そして、秩宗部は本来の監視する力を失い、細かなところまで目が届かなくなる。それが、狙いではないかしら？」

「なるほど。思いつきもしませんでした」

「今は、秩宗部の要である李鷗《りおう》さまもいらっしゃらない。なおさら、秩宗部は手薄になっているはずです」

「あら……李鷗さまは、どちらへ？」

笑みを浮かべ続けていた星沙も、出来の悪い模造品を手にした時のように失望の表情を浮かべる。

「あきれたわね。あなたの侍女と同じく、禁軍の遠征に交じって北狼州へ向かわれたわ」

けれど、來梨は嘲られたことも気にせず、ぱちんと手を叩く。

顔を明るくして背後に立つ侍女を振り向いた。

「あら、あの子ったら、李鷗さまとご一緒なの。ねぇ、小夏、聞いた？　これはひょっとするわよ」

「なんだかんだで、縁がありますね」

星沙の背後に立つ雨林が、一つ咳払いをする。

客人を放って盛り上がろうとしていた芙蓉宮の二人は、はっとした顔をして向き直る。

「申し訳ありません。あの、李鷗さまは、どうして北狼州へ行かれたのですか？」

「わからないわ。ただ一つわかるのは、宮城の外へ向かうのは、本来の秩宗尉のお役目ではない。それを命じることができるのは、皇帝陛下か、二品以上の御方ということよ。さすがに、李鷗さまを遠ざけたことまでが皇太后さまの企みとは思えないけれど」

「……そんなことをして、皇太后さまは、いったいなにをしようというのでしょう」

「私も、それが知りたいの。だから、こうして来たのよ。芙蓉宮は、蓮葉さまの鳥を殺した者を追い詰めたと聞いたわ。その時、なにか皇太后さまの企みについて耳にしなかったかしら?」

來梨はようやく、情報は金と同じと公言していた黄金妃が、気前よく色々と語った理由を悟る。そこまで価値のない情報で餌を撒いて、芙蓉宮だけが知る事実を聞き出したいのだろう。

「なにも、聞いてはおりません。その者は、肝心なことを語る前に自死しました」

「そう。無駄足だったわね」

「一つわかったことは、皇太后さまは、人を操るのが恐ろしいほど上手いということです。玉蘭さまも、人の心を惹きつけるのがとても上手な方ですが……皇太后さまは少し違います。心の弱っている方を見つけ、その心の奥底までどろりと入り込んで傀儡に変えてしまう……そういう恐ろしさです」

芙蓉宮の客庁が、粘り気のある不気味な沈黙に包まれる。

來梨は、周景《しゅうけい》が死ぬ前に語った言葉を直接は耳にしていない。その陶酔したような目を見ていない。けれど、二人の侍女の話を聞くだけで、その姿をありありと思い浮かべることができた。人心に対する深い想像力こそが、自らも認識していない特技だった。

濁った空気を払うように、星沙は手の甲を振りながら告げる。

「私は、商売において勘を大事にしているわ。今回の皇太后さまの企みは、どうしても見逃してはならない、そんな気がするの――だから、あなたに、こうして話をしにきたのよ」

幼い貴妃の瞳に、知性に溢れた光が宿る。

「皇帝陛下は、鳳凰宮の力を確実に削り取っている。皇太后さまは、未だ強い力をお持ちだけれど、この流れがそう簡単に止められないことも理解しているはずよ。大きな企みを巡らすならば、今しかない。本当に追い詰められてからでは、手遅れになる――私であれば、そう考えるわ」

急に、來梨の背後に控えていた小夏が離れる。

客庁の入口に、女官が一人片膝を突いて待っていた。

話を聞いた小夏は戻って来ると、耳元で予想外のことを告げる。

「來梨さま、翡翠宮の侍女が面会を求めて来ています」

「……わかったわ。待たせておいてちょうだい」

「それが、黄金妃さまにもお話を聞いていただきたいと申しているそうです」

來梨は、驚いたように小夏の顔を見る。

翡翠宮の侍女は、ここで來梨と星沙が話をしていることを知っていたということだ。

來梨は、黄金妃に事の次第を説明し、客庁に翡翠宮の侍女を呼ぶ。

やってきたのは、流れるような黒髪の侍女だった。翡翠宮の緑を基調とした襦裙が、美しい髪によく似合っている。

「お目通りありがとうございます。玉蘭さまの名代の香芹《こうきん》と申します。芙蓉妃さま、黄金妃さま、お二人に主より言伝をあずかって参りました。どうか、お話の許可をいただけますようお願いします」

「あなたの噂は、聞いているわ」

星沙が答える。

翡翠宮には、妃の髪を綺麗に仕立てる髪結いの得意な侍女がいると噂になっていた。香芹の手にかかれば、どんな髪も艶を増し、その癖に合わせて息を呑むほど美しく結い上げられるという。香芹に髪を結われるのが目的で、玉蘭の派閥に入った妃嬪さえいるほどだった。

「玉蘭さまの名代であれば、遠慮はいらないわ。さぁ、話してちょうだい」

「では——皇太后さまについて、百花輪の貴妃のみで内密にご相談したいことがあります。つきましては、今夜、夜半の銅鑼が鳴る頃、人目を避けて雲精花園《うんせいかえん》までお越しください——以上が、私の主からの伝言でございます」

短い沈黙の後、來梨は茶会の招待を受けたかのように、柔らかな笑みを浮かべて答えた。

「わかりました。参りますと、お伝えください」

「本気なの？　翡翠妃は皇太后の派閥に入ることを選ばれたのよ」

星沙が、呆れたように口にする。

「だからこそ、面白いお話が聞けるかもしれません」

「罠、かもしれませんわ」

「私、玉蘭さまは苦手ですが、どのような方か、少しはわかっているつもりです。なんでも利用し、あらゆるものを犠牲にする、すべては西鹿州のため——そうおっしゃるけれど、自らの手を血で汚すおつもりはない、そういう方です」

來梨の声は、相手を貶めているつもりなど毛頭なく、ただ、それが事実だと語るような口ぶりだった。

翡翠宮の侍女たちは、他のどの宮より主のことを敬愛している。主を悪く言われ、黙っているなどありえなかった。

香芹は顔を赤らめながら口を開く。

「いくら貴妃さまでも、そのお言葉は――」

だが、それをかき消すように、黄金妃の甲高い笑い声が響き渡った。

華奢な体から、気品と知性に溢れた意気揚々とした覇気が立ち上っている。

「黄金妃も参ります、翡翠妃にそう伝えなさい。紅花《ホンファ》さまが落花してからしばらく退屈だったけれど、ようやく面白くなりそうですわ」

星沙の淡い茶色の瞳は、夏の日差しを弾いて黄金に光っているかのようだった。

來梨は、玉蘭からの誘いと星沙の決断を重ね合わせて、この後宮に来て初めての、ささやかな計略を思い描いた。

◆◇◆◇◆

第十三妃・寧々の住まう舎殿は、瑪瑙《めのう》宮と名付けられていた。

妃嬪たちの住まいは、後宮中央の栄花泉を囲むように造られた貴妃の舎殿よりも外側に、点々と飛び石を置くように配置されている。貴妃たちの舎殿よりずいぶん狭く、舎殿同士の距離も近い。それは妃嬪の位階が下がるほどに顕著になっていく。

瑪瑙宮は、位階の近い妃嬪の舎殿と並び合うように立っていた。

内装は豪奢に飾り立てているが、広さは寧々が後宮入りする前に住んでいた生家の半分にも満たない。

寧々は、窮屈《きゆうくつ》な舎殿の自室で、かつての仕事であり趣味でもあった薬の調合を行っていた。葛《くず》の根、棗《なつめ》、麻黄《まおう》、芍薬《しやくやく》、桂皮。それらの薬草をすり潰して混ぜ合わせると風邪薬となる。

なにか考え事をしたいときにも、寧々は薬の調合を行った。

すり鉢を搔き回しながら、頭に浮かぶのは、先程の納涼の宴のことだ。

皇太后のおぞましい笑み、どす黒い毒を飴《あめ》で包んだような声、無残に串刺しにされた大皿の上の鳥たち、倒れた皇后・蓮葉の姿。

それらを思い出すたび、古い記憶の中から、血に塗れた手紙を受け取ったようなおぞましさが這いあがってくる。

「星沙さまへの文は、もう届いたかしら？」

手を止めず、寧々は背後に立つ年配の侍女に向けて尋ねる。

「ええ、ぬかりなく」

年下だけれど手のかかる姉のような貴妃の顔が浮かび、胸が痛むのを感じた。

寧々は、芙蓉宮に出入りして得た情報を、黄金宮に流していた。もともと、星沙からの指示を受け、芙蓉宮の派閥に入ったのだ。

「……寧々さま、辛いのであれば、もう、おやめになってはいかがでしょう？」

見かねたように、侍女長が声を掛ける。

侍女長は、かつて寧々の教育係であり、幼い頃よりずっと傍にいた女性だった。

「このところ、寧々さまはとても楽しそうで、昔に戻られたかのようでした」

寧々は手を止め、大きく息を吸い込む。

手元から香る薬草の匂いが、寧々の心を落ち着けてくれた。

「確かに、芙蓉宮に通うようになってから、毎日が楽しかった。けれど——それは許されないことよ。やるべきことを思い出したの」

自らの行いを悔いるように、すり鉢に力を込める。

寧々が黄金宮に従っている理由は、皇太后への復讐だった。

かつて、寧々には姉と慕う女性がいた。雲礼《うんれい》郡の郡主の娘であり、名を梅雪《ばいせつ》といった。

幼い頃、寧々の生家は今ほど豊かではなく、両親は寧々を親戚であった雲礼郡の郡主の家に預けて商談に向かうことが多かった。知らない土地で友と呼べる者はおらず、いつも両親に会いたいと泣いては周りの大人たちを困らせていた。

そんな寧々に優しく接し、孤独を癒してくれたのが、その家の娘、梅雪だった。梅雪は寧々の部屋に遊びに来ては、御伽噺《おとぎばなし》や遊びを教えてくれた。優しく頭を撫でては、両親は寧々のことを愛しているのだと伝えてくれた。孤独を感じることなく育ったのは、梅雪のお陰だった。

彼女は偶然にも先々帝の目に留まり、後宮に入った。

そして、皇太后に虐めぬかれ、自刃に追い込まれた。

寧々は彼女を苦しめた相手に復讐するために後宮入りし、星沙に黄金宮への協力と引き換えに、皇太后を失脚させることを頼んだのだった。

「お姉さま、私は――必ずやり遂げて見せます」

入口から、声がかかる。

顔を上げると、侍女の一人が立っていた。

「芙蓉宮の侍女が、お目通りを願っておりますがいかがしましょう？」

「……小夏が？　いったいどうしたのかしら。わかったわ。通してちょうだい」

寧々は両手で頬を引っ張ると、いつもの潑剌《はつらつ》として噂好きな十三妃の顔で告げた。

寧々の居室に通された小夏は、壁際に並ぶ薬簞笥《くすりだんす》にほんの一瞬だけ興味深そうな視線を送ってから、すぐに気を取り直したように告げた。

「主の代わりに、見舞いに参上いたしました。こちらは、水寒天です、黒蜜《くろみつ》をかけてお召し上がりください」

「來梨さまが、そうおっしゃったの？」

「はい、いちばん合うのは黒蜜だと。寧々さまは薬にはお詳しいですが、甘いものなら自分の方が詳しいはずだとも話されていました」

「そうではなくて。私は、病気ではないわ。先ほどの納涼の宴も、共に出ていたでしょう?」

「皇太后さまが宴に現れてから、寧々さまのご様子がおかしかった。なにか、たいへん苦しそうにされていたからと」

「……そう、気づいてらっしゃったの」

「來梨さまは、怠惰で臆病で能天気だなどと言われていますが、不思議と人の心がわかるようです。まぁ、他の貴妃さまたちと比ぶべくもない能力かもしれませんが」

芙蓉宮の侍女は、自虐するような笑みを浮かべる。

その言葉にはっとする。寧々は今まで気にも留めなかったが、思い当たることがいくつもあった。

「大丈夫よ。あの時も申し上げたように、ただ暑くて立ち眩みがしただけ」

「それでは、來梨さまには、なんでもなかったと伝えておきますの」

小夏はそう答えると、あっさりと拱手をして下がった。

寧々は、ぼんやりと芙蓉宮から届いた見舞いの品を見つめながら考える。

まったく、裏切られているとも知らないで呑気《のんき》な貴妃だ。肝心なことには気づかないくせに、どうでもいいことにはよく気が回る。

いつの間にか目元に溜まっていた涙を、そっと人差し指で拭う。

「一つ、話をしてもよろしいですか？」

背後に控える侍女長が、告げる。

「紅花さまを先帝陵に葬るために、來梨さまが奔走されたことはご存じですね？」

「……もちろんよ。朝礼で、皇后さまや他の貴妃の皆さまに向けて、孔雀妃さまが皇妃として追封されるように推挙して欲しい、などと話をされた時はこちらの心臓が止まるかと思ったけれど……結局、そのようになったわね」

「あの方は、確かに頼りない。臆病だし、怠け癖もおありのようですが――なにか信じがたいことが起きるときには、あの方が関わっているような気がします」

侍女長の言葉は、寧々の心の深いところに落ちて、鈴の音のように響いた。

「後宮の闇を払えるのは、ああいった方ではないでしょうか？」

寧々は細く長く息を吐き、体を椅子の背凭れに預ける。

ゆっくりと閉じた瞼《まぶた》の奥、かつて慕った人と、來梨の姿が、ほんの少しだけ重なって見えた気がした。

月に薄い雲がかかり、降り注ぐ光は被帛を通したように柔らかになる。

薄闇に浮かび上がる庭園は、仙界に足を踏み入れたかと錯覚するほど儚《はかな》げな雰囲気を漂わせていた。

雲精花園は、陰陽思想に基づいて造られた伝統的な庭だった。光が降り注ぐ池には色とりどりの鯉が泳ぎ、岸辺には夾竹桃《きょうちくとう》の花が咲き誇る。影に覆われた彼岸には、苔むした岩々と生い茂る木々が厳かな雰囲気を放っている。徹底して陽と陰が作られ、気が巡るように考えられていた。

來梨は、中央にある亭子の椅子に腰かけていた。

夜になり、昼間の熱気は収まっている。緩い風が心地よく頬を撫でる。

まだ、他の貴妃の姿はない。

ゆっくりと庭園を見渡しながら、後宮にきたばかりの日を思い出す。

後宮にきてすぐ、この場所で百花輪の貴妃の親睦の宴が開かれた。あまり良い思い出ではなく、以後はこの庭園に足を運ぶこともなかったが、今となっては懐かしい。

「よりにもよって、この場所を選ぶとはね」

背後から、皮肉交じりの声がする。

振り向くと、星沙が三人の侍女を従えて立っていた。月の光を受け、長衣の金糸が鮮やかに煌めいている。

「あら、お待たせしてしまったようですね」

反対側から、琴を弾いたような美しい声がする。玉蘭が橋を渡ってくるところだった。

三人の貴妃が、六角形の机を囲むように席に着く。

あの時と同じ場所だった。けれど、皇后・蓮葉はいない。來梨は、もう一人、紅花がいないことを寂しく思った。

「こんな夜に呼び出したのよ。面白い話が聞けると、期待してよろしいのでしょうね？」

黄金妃の言葉に、玉蘭が頷く。薄闇の中でもその横顔は、天女のように美しかった。

「皇太后さまが、なにか大きな企みを巡らせておられるようです。黄金妃さまなら、すでに気づいておいででしょう？　お呼びしたのは、それについてのお願いです」

「翡翠宮は、どの程度の情報を摑んでいるの？」

「私もそれがなにかまでは摑めておりません。ただ、その鍵が、北狼州にあることはわかっています。最近、皇太后さまは北狼州の草嘉郡をひどく気に掛けておられる。頻繁に文をやり取りし、どこか他国と密約を取り交わしておられるようです」

「後宮内で収まる話ではなさそうですわね」

「李鷗さまが向かわれたのも、北狼州でした。関係があるのでしょうか？」

來梨が呟くと、黄金妃が横から鋭い視線を向ける。

もともと星沙が渡した情報を、あっさり口にしたことへの牽制であったが、玉蘭はすでにそのことも知っているようだった。当然のように頷く。

「ありえない話ではないかと思います」

「翡翠妃さまは、皇太后さまに付き従っているのでしょう？　いったい、そんなことを私たちに話してなんのつもりかしら？」

「お話ししたのは、皇太后さまの企みが、華信国を揺るがすほどの大きなものであると知っていただきたいからです。私が皇太后さまへ近づいたのは、あの方を調べるためです。そして、あの方の周りにいる者たちの信用を得るためでもあります。本日の納涼の宴での、皇后さまへの仕打ちを見たでしょう。あれを、私が好んで協力したと思われたのですか？」

皇太后に言われ、鳥の入った大皿を運んだのは、翡翠宮の侍女だった。

玉蘭の瞳が、穢《けが》らわしい物を目にしたように冷たくなる。

「今日、皆さまにここに来ていただいたのは、提案を一つ受け入れていただきたいからです。今回の皇太后さまの企みは、放っておいてはならないものだと思います。この企みが明らかになるまで、百花輪の儀は休戦としたいのです」

「やはり、そういう話ね。私は構いませんわ。あなたが——皇太后さまの企みとやらをどうにかできるとは思えませんけれど、せいぜい飲み込まれないように気をつけることね」

星沙の言葉を聞いた玉蘭は、その視線を來梨へと向けた。

「えっと、それは……皇太后さまの企みがはっきりするまで、計略の類を仕掛けるのはお互いにやめましょうというお話ということでいいのですか？」

「ええ。そう聞こえませんでしたか？」

「それでは、駄目です」

黄金妃ならばともかく、來梨に断られるとは思っていなかったのだろう。玉蘭の目が、訝《いぶか》しむように細められる。

「なにが、不服なのですか？」

「不服ではありません。足りないと言っているのです」

來梨は立ち上がると、ささやかな計略を口にする。

「今日の皇后さまへの仕打ちは、許されるものではありません。けれど、皇太后さまへ立ち向かう力など、私にはない。この先、誰が百花皇妃になるとしても、たった一人で皇太后さまと対峙するのは避けるべきです。華信国を危険に晒すような企みがあるのであれば、なお更です。つまり——」

來梨は計略を口にするにはそぐわない、真っすぐな瞳で告げる。

「──休戦ではなく、同盟を提案します。力を合わせて、皇太后さまの企みを阻止しましょう。それが、皇后さま、そして、陛下の望むことでもあると考えます」

沈黙が、雲精花園を支配する。

最初に口を開いたのは星沙だった。

「同盟とは具体的になにをするのかしら？」

「まずは、皇太后さまの企みについて、隠し事はなしにしましょう。すべての宮の持つ情報を集めるのです。そして、話し合いましょう」

「ここで鳳凰宮の力を削いでおくことは、誰が皇后になるとしても等しく利があるのはわかるわ。けれど、それには一つ問題がある──私は、翡翠妃を信じることができないわ」

星沙の声が、隣に座る玉蘭へと向けられる。

「翡翠妃は、皇太后さまの情報を引き出すために鳳凰宮に近づいたと言ったけれど、とても信じられませんわ。あなたが皇太后さまと結託して、私たちに奸計《かんけい》を巡らせていることだって考えられる」

「信じていただけないのなら、來梨さまのご提案は破談でいいでしょう。百花輪の貴妃が力を合わせるなど聞いたことがありません。私は、ただ休戦を受け入れていただければよいのです」

二人の貴妃が、睨み合う。

互いに平然とした表情をしているが、その双眸には一歩も退くつもりはないという矜持が浮かんでいた。

「……なにやら面白い話をしているようじゃな」

亭子の外から、低い声がする。

そこに立っていたのは、皇領の貴妃、幽灰麗《ゆうはいれい》であった。

歳は二十頃だろう。白い髪に雪のように白い肌。整った鼻梁《びりょう》に青みがかった瞳。美しい容姿だが、どこかこの世の者ではない幽鬼のような気配が漂っている。

「私が、お誘いしたのです。だって、百花輪の貴妃が集まるのに、灰麗さまにだけお声がけしないわけにはいかないでしょう？　さぁ、こちらへ」

來梨が、空いている席を手で示す。灰麗は足音はおろか、衣擦れの音一つなく、六角の机に歩み寄る。

「星沙さまと玉蘭さまは、すんなりと手をお繫ぎにはならないと思いました。そこで、灰麗さまには、あらかじめ同盟についてご相談していたのです。芙蓉宮だけならば大した情報はありませんが、水晶宮の助力を得られるのは損のない取引かと思います」

翡翠宮の侍女・香芹より話を聞いた後、來梨は水晶宮へと向かった。

これまで、ほとんどの来訪者を拒んできた灰麗から、珍しく中に招き入れられ、玉蘭が百花輪の貴妃で力を合わせることを提案するのであれば協力するという言葉を引き出したのだった。

「改めて宣言しよう。水晶宮は、貴妃の同盟に賛成じゃ」

灰麗は、來梨の言葉を受けて、託宣《たくせん》を告げるように静かに宣言する。

「勝手なお人ですね。この呼びかけは、私が行ったのですよ。けれど、水晶妃さまの力をお貸しいただけるのであれば、確かに心強いですね」

玉蘭は傾国《けいこく》と称される笑みを浮かべた。

三貴妃の視線が、星沙に向けられる。黄金妃はしばらく來梨を見つめていたが、まともに張り合うのはばかばかしくなったかのように溜息をついた。

「わかった、黄金宮も同盟に加わるわ。但し、翡翠妃を信じたわけではないわ。信用ならない相手が含まれることを加味しても、この同盟には利があると判断した、それだけよ」

「では、休戦ではなく同盟。これより、百花輪の儀は一時中断し、皇太后さまの企みを止めるために力を合わせる。よろしいですね？　こういうとき、北狼州では拳を合わせるのですよ」

來梨は嬉しそうに、縦にした拳を机の中央に向けて突き出す。

他の貴妃も來梨に倣う。星沙は、北狼州のやり方を持ち出されたことに面白くなさそうな顔をしたが、発案者の言葉に渋々といった様子で従った。

石造りの亭子の中で、四貴妃の拳が重ね合わされる。

後宮に入ってからずっと競い合っていた百花輪の貴妃に、ひと時の同盟が結ばれた瞬間だった。

「同盟成立ですね。こんな日がくるなんて、なんだか胸が弾みます。皇太后さまがとても恐ろしい方なのは、立て続けに起きた事件でよくわかりましたけれど、百花輪の貴妃が手を取り合い、力を合わせれば、怖いものはありません」

來梨が口を開くと、張り詰めていた空気がわずかに緩む。

「芙蓉妃の頭の中は、相変わらずお花が咲いているようですわね。でも、意外ですわ。皇后さまがお声がけした、百花輪の貴妃の親睦の宴にも参上しなかったあなたが、芙蓉妃の声には耳を傾けるなんて」

星沙は値踏みするような視線を、対面に座る灰麗に向けた。

「すべては、溥天《ふてん》の意思を尋ねて決めておる。この誘いには応えよと、溥天がそう申した。さて、遅れてきた詫びじゃ。わしが知っていることを話そう」

灰麗は、焦点の合わない視線を宙に彷徨わせながら続ける。

「秩宗尉殿が北狼州へ赴いた理由は、草嘉郡に謀反の動きありという報せが皇帝の元に届けられたからじゃ。草嘉郡の郡主であり、北の大貴族・張家《ちょう》の当主は、宗伯《そうはく》という男じゃ。この男は元秩宗尉、今の秩宗尉殿の前任であり師でもある」

「……そうでしたか。陛下は、旧知である李鷗さまに、謀反の報せの真偽を確かめてくるように命じられたということですね」

「それだけではない。ここからは、わしもつい先ほど得た情報じゃ。陛下にもまだ伝えきれておらぬが——張家の実権を握っているのは当主の宗伯ではなく、息子の呂順《りょじゅん》という男じゃ。この男は皇太后に心酔しておる。つまり、秩宗尉殿は旧知の人物を訪ねる心づもりで、踏み込んではならぬ場所へ向かわれたということじゃ」

灰麗の声に、凶事を告げる占い師のような不気味さが宿る。

「この黄金宮が知らない情報を、ろくに舎殿から出ることもないあなたがどうやって入手したのかしら？」

「溥天廟の繋がりは、そなたたちの持つ諜報筋とは違う。信じられぬのであれば、それでよい。ただ、このままでは秩宗尉殿は消されるであろう。あれほどの傑物であるのにもったいないことじゃ」

「……そんな。それじゃあ、あの子はどうなるの？」

さっきまで、のほほんとした笑みを浮かべていた來梨が顔色を失くす。

「李鷗さまと一緒に、私の侍女、明羽もいるのです。北狼州の郡主たちに支援をお願いするため、名代として向かわせました」

「ふむ。招かれざる二つの星とはそれのことか」

「……いったい、なんのことでしょう？」

「先程、溥天に問うたと言ったじゃろう。予知を見たのじゃ。本来であれば、彼の地に降り立つべきではない二つの星がおる。星の帰還により深き闇は日輪《にちりん》の下に晒される」

吐き出された言葉を咀嚼《そしゃく》するための、短い沈黙が訪れる。

月にかかっていた薄雲が流れ、夜の闇が、帳を払ったようにわずかに明るくなっていく。

「水晶宮の情報も、あなたの予知も、私は信じませんわ。けれど……確かに、秩宗尉さまと明羽を無事に後宮に戻すことができれば、皇太后さまの企みがわかるかもしれないわ。では、私たちはできる限りの手助けをするべきね」

「助けるといっても、明羽が帝都を発ったのは昨日です。今さらできることなど――」

「星沙さま、黄金宮の鳥たちを使わせていただけますか？」

玉蘭の問いに、星沙は背後に控える侍女をちらりと見てから答える。

「ええ、いいわ」

「鳥、でございますか？」

「あなたの侍女も鳥にはずいぶん詳しいようだけれど、私の侍女も負けていないわ。黄《き》鳥《ちょう》、説明なさい」

星沙に名前を呼ばれ、小柄な侍女が前に歩み出る。いつもは、雨林と阿珠の後ろに隠れて目立つことはないが、今だけは自信満々に胸を張っていた。

小夏よりも背が低く、遠目には少女のように見えるが、実際は星沙や來梨よりも年上であった。顔に少しかかった黒髪に気弱そうな垂れ目の持ち主で、黄金宮の侍女にしては華やかさに欠ける雰囲気を纏っている。

黄鳥は貴妃の前で緊張をすることもなく、早口で嬉しそうに話し出した。

「万《まん》家では、文を迅速に届けるために伝書鳩を扱っています。この情報伝達網こそが、万家の繁栄の礎《いしずえ》なのです。もちろん、黄金宮も伝書鳩を飼っており、いつでも華信国中の万家とやり取りができます。北狼州であれば、來梨さまの生家のある邯尾に万家の大店がありますね。邯尾までであれば、半日あれば届きます。外敵も少ないですし、三羽も飛ばせば十分かと」

「この黄鳥は、鳩飼いよ。伝書鳩の扱いでは、万家でも屈指の技術を持っているわ」

「その通りです。普通の伝書鳩は、片道しか飛べないのです。生まれ育った場所から引き離し、生まれ育った場所へ戻るための帰巣本能を利用して飛ばすのがほとんど。ですが、万家で仕込んだ伝書鳩は、往復することができます。これがどれほどの革新かわかるでしょう。他にも――」

「もういいわ、下がらせて」

まだ話したそうにしていた黄鳥を、阿珠が無理やり引きずるようにして後ろに下げる。

「黄金宮の伝書鳩であれば、今、旅の途中にある明羽たちよりも先に、北狼州へ文を届けられるというわけですね」

「さて、來梨さま。黄金宮のお力を借りれば、北へ文を届けることはできます。北狼州にいる二人を助ける方法について、なにか考えはございませんか？」

「そう、ですね……相手が張家であるならば、隣の墨家《ぼく》に助けを求めるのがよいかと。二つの家は、華信国建国以前からの因縁を引きずっていますので、きっと力になってくれるでしょう」

「芙蓉妃の言葉に賛同するわ。墨家の当主代理とは、商いで何度かやり取りをしたことがあるけれど、信用に足る方よ。問題は、万家の大店がある邯尾の街から、どのようにして墨家の治める雪凌郡まで文を届けるかですわ」

星沙の言葉に、黙って聞いていた灰麗が続ける。

「皇太后に通じるものは、華信国のいたるところにおる。芙蓉妃の生家である莉家とて安心はできぬ。下手に扱えば、手紙が墨家に届くどころか、この百花輪の貴妃の同盟も皇太后へ筒抜けというわけじゃ」

「誰に託すか、が問題というわけですわね」

「來梨さま……邯尾に、有能で信頼のおける者はいるかしら?」

三人の貴妃の視線が、來梨に集中する。

いつもは自信なげで臆病だけれど、今、この時だけは違った。

「一人だけ、とびきりの者がいます」

來梨は立ち上がり、自信満々にその名を口にした。

第四話　北狼に昇る朝日

明羽《めいう》たちは、岩山の地形を利用して作られた砦に連れてこられた。背面を巨大な岩の断崖に守られ、街道から砦へ続く道も岩に挟まれ狭まっており、大軍が一度に通れないようになっている。

上部に見張り櫓が付いた木造りの門を潜ると、夜だというのに五十人を超える兵士が隊列を組んで並んでいた。夜通し交代で有事に備えているのだろう。

明羽は、この砦の意味を理解する。

張《ちょう》家が決起したときに迅速に郡境を守るための備えなのだ。

だが、どうしてこのような前線の砦に、当主代理がいるのだろうか。

郡相の丞銀《じょうぎん》に、奥の屋敷内にある一室に通される。

「しばらくこちらでお待ちください。主の準備が整い次第、お呼びいたします」

老人は、端々に溜息が交じる疲れた声で言うと、拱手をして下がっていった。

通されたのは、砦の中にしては調度が整えられた部屋だった。手狭ではあるが、壁には雪山を描いた見事な水墨画が掛けられ、床には貂《てん》の毛皮が敷かれている。

「どうやら、我々を来賓として扱ってくれるようだな」

李鷗《りおう》は警戒を緩めずに、辺りを見渡す。

けれど、明羽にその冷静さは残っていなかった。安堵すると同時に、床から生えてきた無数の黒い蔦に引きずり倒されるように膝を突く。

「……燕雷《えんらい》さまが、他のお二人も、私たちを守るために殺されてしまいました」

明羽の耳には、最後に聞いた自分の名を呼ぶ声が、ずっと響いていた。

振り向くことさえできなかった。どのような顔をして引き返したのかさえわからない。

ただ一つわかるのは、あの三人のお陰で、こうして命を長らえているということだけだ。

「それなのに、私は……あの方たちのことを、なにも知らないのです。燕雷さまとは少しお話をしましたが、それだけです。この旅の間、なにも知ろうとしなかった」

男だというだけで恐れを感じ、できるだけ関わらないようにしてきた。

燕雷だけは、気さくな性格だったため少しは話をした。帝都にいる愛娘のことを嬉しそうに語っていたのを思い出し、さらに胸の痛みが広がる。

だが、明羽の悲しみを嘲笑《あざわら》うように、皮肉っぽい声が降ってくる。

「思い上がるな。禁軍の精鋭が、後宮の侍女ごときのために命を投げ出すわけがない」

李鷗は、仮面の三品と呼ばれる冷淡な表情で見下ろしていた。

「あの三人は、この秩宗尉を守るために命を落としたのだ。そうでなければならん。二度と自分のために死んだなどと口にするな。それは、あの三人への侮辱だ」

「……失礼、しました。李鷗さまは、お優しいのですね」

「事実を言ったまでだ」

李鷗は、明羽の前に静かに腰を下ろす。

「今は落ち込んでいる時ではないぞ。この場を乗り切るには、お前の知恵がいる」

明羽は、両手で顔を叩くと、自らを奮い立たせる。目の前の男に必要とされていることが、地の底から絡みつくような漆黒の蔦を払い落としてくれた。

李鷗は、明羽がいつもの無愛想な表情を取り戻したのを認めてから、小さく呟いた。

「この報いは必ず受けさせるぞ、呂順《りょじゅん》」

その声には、静かな怒りが込められていた。

部屋の外から声が掛かり、扉が開かれる。

「主の支度が整いました、どうぞこちらへ」

案内されたのは、軍議を開くための広間だった。開け放たれた扉の外には篝火が焚かれ、広間を煌々《こうこう》と照らしている。

広間の最奥には、美しい女が床に片膝を立てて座っていた。

歳は三十を過ぎたところだろう。頭上に持ち上げて背後に垂らすように編まれた長い黒髪、猛禽を思わせる鋭い目、雪のような白い肌の上に引かれた赤い紅が強く視線を引き付ける。

身に纏うのは深紅の胡服。だが、馬に乗ることを想定した動きやすい胡服と違い、袖と裾が長く広がっており、伝統を取り入れた意匠であることがわかる。

「お初にお目にかかる、秩宗尉殿。雪凌郡の当主代理の雪蛾《せつが》だ」

暗闇に降る白雪を思わせる、凛とした声だった。

明羽は、邯尾の村にいた頃に聞いたさまざまな噂を思い出していた。墨《ぼく》家を治める美しい女傑がいる。他の郡主を束ねる優れた政治手腕の持ち主であり、意に沿わない者は徹底的に排除する冷徹さを持つ。それゆえに、特別な二つ名で呼ばれていた。

これが——墨家を治める、雪原の女王か。

李鷗と明羽は拱手をしてから向かいに座る。

「名乗る必要はない。まずは、この雪蛾が、どうしてこのような郡境の砦にいるかを話そう。後宮から文が届いたのだ。読むがよい」

雪蛾は、李鷗が名乗ろうとするのを遮って話し出すと、右手に握っていた、小さく折り畳まれた手紙を放り投げる。

李鷗は目礼してから手紙を拾い、隣に座る明羽にも見えるように広げて見せた。

草嘉に向かっている秩宗尉の李鷗、後宮侍女の明羽の二人について、張家から命を狙われ助けを求めている場合、無事に帝都に戻れるように取り計らって欲しい。

内容はそれだけだった。そして、文末には、百花輪の貴妃・四人全員の連名があり、本物であることを示す押印がされていた。

「百花輪の貴妃たちが、どうして私たちの命の心配をされたのでしょう」

「知らぬ。戻ってから聞くといい」

明羽は、呆然と李鷗の手の中にある手紙を見つめた。

百花輪の貴妃の名が横一列に並ぶなど、どれほどの奇跡と偶然が重なれば、そのようなことが起きるのだろう。

そもそも、どのようにして手紙が雪蛾の元に届いたのか。明羽たちが宮城を出立して五日目。出立した後に後宮から文が出されたとしても、雪凌郡に届くはずがなかった。

雪蛾は、明羽の疑問など挟む隙を与えず、鋭く差し込むような口調で続ける。

「助けよと言われても、張家の領内で、お前たちがどのような目に遭っているかなどわからぬ。かといって、いずれ皇后になる四貴妃の依頼を無視することもできぬ。そこで、せめてもの誠意を見せる必要があると、郡境にまで出向いて軍を待機させていた。何事かあればすぐに駆け付けられるようにな」

「そこへ私どもが、やってきたというわけですか。なんとも幸運なことでした」

「お前たちは、護衛をつけて宮城まで送り届けてやる。それでよいな？」

やっかいごとを早々に片付けるように尋ねる。

けれど、李鷗はその問いに答えず、ふと思いついたように質問を返した。

「雪蛾さまは、今朝、張家の当主である宗伯《そうはく》さまが亡くなったことはご存じですか?」

「無論だ。草嘉で大事が起これば、逐一耳に入るようにしておる」

「私どもは、息子である呂順さまにより毒を飲まされたためと見立てています」

「ほう。張家が市井に向けて発した話とは違いがあるな。この度の宗伯の死は、妾の子である栄貝《えいがい》の手によるものと聞いている。その咎《とが》で、栄貝は近々、処刑されるそうだ」

明羽は、思わず声をあげそうになる。

草嘉を離れるとき、李鷗は目立つことを避けるため栄貝の命がすぐに奪われることはない、と推測していた。だが、呂順は強引な手段を使ってでも、命を奪うつもりらしい。

「それは、真実とは異なります」

「呂順が張家を支配していたのは知っておる。そなたの言うことが真実でも、それほど驚きはせぬ。陰で家を支配していた男が当主になるだけだ。我が墨家にとってはどちらが真実だろうと、なにも変わらぬ」

李鷗は短い間を置いて、覚悟を決めたように秘密を口にする。

「宗伯さまは亡くなる前、私どもに、呂順さまが皇太后さまと通じ、華信国に対して国を売るような反逆行為を起こそうとしているとお教えくださりました」

「国を売る、とはどういう意味だ」

雪蛾の美しい眉が吊り上がる。

それは、明羽と李鷗が、馬小屋で宗伯から聞かされた話だった。

国を売るとはどういうことか。同じことを李鷗は問い、信じがたい企みを聞かされたのだった。

「皇太后さまは、大学士寮が所有する華信全土の地図を、牙の大陸を統一した神凱《しんがい》国へ渡すことを計画しているようです」

華信国の大学士寮地図は、大学士寮の発足以来、地理学士や天文学士たちにより測量が繰り返され作り上げられてきた。最新の地図は大学士寮に保管され、宮城の中でも皇帝や一品位の官吏、限られた学士のみが閲覧を許される極秘文書として扱われている。

華信全土の地図が他国に渡ることは、華信に攻め込む際の弱点を知られるのと同義だ。ゆえに、地図の流出は一族郎党の男子皆殺しとなる重罪と定められていた。

「皇太后さまの狙いはわかりませぬが、それ相応の見返りがあるのでしょう。そして、この件には謄元《とうげん》さまも関わっておられる」

続いて上がった大物の名に、雪蛾はわずかに深紅の口元を歪め、ほう、と声を漏らす。

「宗伯さまからは、その受け渡しの日時と場所に関する情報も受け取る予定でした。ですが、それは私たちの手には渡らず、おそらく、宗伯さまのご子息である栄貝さまが持っておられます」

「栄貝が殺されれば、その情報は失われるということか」

「その通りです。そこで、雪蛾さまに一つ、お願いがございます。私は、宗伯さまが残された情報を手にするまで、帰ることはできません。どうか、張家から栄貝さまを連れ出すために力をお貸しください」

「連れ出す、とはいったいどのようにして行うつもりだ？　策はあるのか？　まさか、謀反の証拠もなく、死んだ宗伯の言葉だけを信じて、草嘉に攻め入れというわけではあるまいな？」

雪蛾は、猛禽のような鋭い目を細めながら尋ねる。

李鷗は平然としているが、奪取の策までは用意していないのは明らかだった。栄貝の処刑が行われることを、たった今、知ったばかりなのだ。

明羽は意を決して、口を開く。

「李鷗さま、発言をお許しいただけますでしょうか？」

天藍石の瞳が、大丈夫なのか、と問いかける。それから、明羽の無愛想な表情を見つめ、小さく頷いた。

明羽はそっと白眉《はくび》を握り締め、口を開く。

「策はございます。私どもは張家の詳細な見取り図と警邏の情報を入手し、内部に侵入する抜け道も把握しています。隠密に長けた兵を数人お貸しいただければ、栄貝さまが囚われている離宮に密かに侵入し、連れ出すことは容易です」

「ほう。見せてみよ」

「ご協力をお約束いただければ、すぐに」

雪峨は、明羽を値踏みするように睨みつける。

隣に立つ李鷗からも、本当にそんなものがあるのか、と疑るような視線が向けられるが、明羽は動じることなく二人の視線を受け止めた。

「仮に、見取り図があるとしよう。それでは、どのようにして墨家の兵を連れて草嘉の都に潜るつもりだ？」

想定外の質問に言葉に詰まるが、そちらの答えは李鷗が引き受けてくれた。

「いくら犬猿の仲といえども、張家の当主が亡くなったのです、弔問団を派遣することをお考えかと思います。その中に紛れさせていただければ、疑われることなく堂々と戻れましょう」

「なるほど。面白いことを考えつくものだな――残念だが、その申し出には応えられぬ。張家の者たちは、この墨家と戦がしたくて仕方がない。そなたたちに手を貸したことが明るみに出れば、戦の口実を与えることになる。雪凌郡にとっては、薄氷を渡るような危険を冒すわけだ」

雪原の女王は、袖口の広がった胡服をばさりと一払いしてから続ける。

「そなたたちを助けたのは、百花輪の貴妃の連名の頼みがあったからだ。いずれ皇后になる者に恩を売るのは旨味がある。だが、そなたたちの頼みでは、墨家がこの薄氷を渡るのには釣り合わぬ」

「ですがこれは、華信国の危機なのです」

「そなたが三品位であり陛下の信頼が厚いことも知っている。だが、郡主は華信の皇家には仕えても、官吏に仕えているわけではない。この墨家に薄氷を渡らせたいのであれば、皇帝の書状を持ってくるのだな」

話は終わりだ、と言いたげに雪蛾が声を荒らげた。

明羽は、大きく息を吸い込むと、再び言葉を挟む。

「華信皇家に連なる者からの頼みであれば、お引き受けいただけますか？」

「あぁ、そう言っている」

「こちらをお読みください。私は、來梨《らいり》さまの名代としてここにいます」

明羽は帯の下に挟んでいた、來梨の手紙を取り出す。宗伯に手渡したさいに皺だらけにされたが、まだ効力は失っていない。

「百花輪の貴妃・莉《り》來梨の名の下にお願いいたします。どうか、手を貸してください」

「なにを言い出すかと思えば、この雪蛾も、馬鹿にされたものだな」

雪蛾は床を蹴って立ち上がる。その姿には、剣を構えた武人と相対しているような迫力があった。

「雪凌までは百花輪の噂が流れてきていないと思ったか！　北狼州の代表は負け皇妃だという話は、この地まで届いておるわ。怠惰で臆病で、北狼州の恥さらしだとな。來梨妃は、皇后にはなれない。ゆえに、來梨妃の頼みを聞く意味もない」

「來梨さまは、後宮に入ってから変わられました。決して負け皇妃ではありません」

「身内の擁護《ようご》など、当てになるものか」

明羽はそっと目立たないように腰に下げた佩玉に触れた。

頭の中に、出番を待ち構えていたように、相棒の声が響く。

『翠汐《すいせき》なら、きっとこう助言するよ――勝てる見込みの低い賭けにのってもらうには、報酬を吊り上げるしかないってね』

翠汐とは、白眉の二番目の持ち主で、天下無二と言われた美しさで後宮を統治した皇妃であり、人心掌握の達人だったという。

報酬を吊り上げる。

その言葉が、木の葉から零れ落ちた雫が波紋を広げるように、思考の呼び水となる。

墨家が求める報酬――それは、北狼州の者ならば、誰だって知っていた。

「それでは、一つお約束をしましょう。もしお力を貸していただければ、來梨さまが皇后になった暁《あかつき》には、雪凌へと延びる道を帝都街道と名付けましょう」

雪蛾は、場にそぐわない冗談を聞いたかのように、明羽を睨む。

だが、次の瞬間、破裂したように笑いだした。

雪原の女王の笑い声には、春の芽吹きを思わせるような温かさがあった。

雪蛾は床に座り直すと、今までの詰問すべてが、李鷗と明羽を試すものであったかのように上機嫌で告げた。

「いいだろう。隠密の得意な精鋭を十人ほど貸してやる。目論み通り、栄貝を奪ってくるがいい。弔問団として仕立てるのであれば、それなりの位の者がいなければ怪しまれるな。丞銀、お前が私の名代として同行しろ」

突然名前を呼ばれ、年老いた郡相は、気苦労の多そうな声で答えた。

「わ、私ですか……畏《かしこ》まりました」

「軍は引き続き、郡境に待機させておく。今日と同じように郡境まで戻ってくれば保護してやろう。但し、お主に貸した十人以外は、一兵たりとも草嘉郡の中には入れぬ、わかったな」

「ありがとうございます」

明羽と李鷗は揃って拱手をし、頭を下げる。

「街道の名だけで決めたわけではない。お前のように肝の据わった侍女がいるのなら、來梨さまが皇后になることもあり得るかもしれないと思っただけだ」

「雪蛾さま、一つお聞きしてもよろしいでしょうか？」

李鷗が口を開き、雪蛾は顎をしゃくって発言を許すことを告げる。

「この度の文は、どのようにしてお手元に届いたのでしょうか？」

それは、明羽もずっと気になっていたことだった。だが、雪蛾は拍子抜けしたような表情をする。

「そのようなことか。丞銀、あの者を呼んでこい。話なら直に聞くがよい。この雪蛾を動かすとは、あれも大した女だ」

丞銀がいったん席を離れ、近くに待機していたであろう女性を連れて戻って来る。

その人物が姿を現した途端、雪原の女王に凄まれても動じなかった明羽は、言葉を詰まらせて狼狽えた。

歳は三十ごろ。狐目に細い眉のすっきりした顔立ち。真っすぐに伸びた背筋が、凜々《りり》しさと同時に厳しさを感じさせる。

「……慈宇《じう》さん、どうしてここに？」

そこに立っていたのは、明羽に侍女としての立ち振る舞いを教え、共に來梨妃に仕えて入内した侍女長だった。親睦の宴で罠にはめられ、貴妃の唇を傷つけた罪で後宮を追放されたのだ。

このような状況でなければ、駆け寄って抱きついたかもしれない。

緊張したこの場では、思わぬ邂逅《かいこう》に声を震わせるのが精一杯だった。

明羽は、二度と会うことはないと思っていた恩人との再会に、零れそうになる涙を必死に堪えた。


雪蛾との面会を終えると、明羽は慈宇に連れられて館の中庭へ向かった。

郡境を守る砦だけあり、ひどく簡素な庭だった。松や銀杏といった寒さに強く手入れが容易な木々が植えられているだけだ。但し、陽が沈むと辺りに人気は無く、込み入った話をするには適していた。

李鷗は、丞銀と明日の計画を詰めるために別室で協議をしており、中庭にいるのは二人だけだった。

慈宇は明羽に、ここに至るまでの経緯を語った。

四貴妃連名の文は、万《まん》家の伝書鳩によって、後宮から莉家の治める邯尾にある万家の大店へと届けられた。その手紙には、四貴妃の文を慈宇に渡すように指示があり、万家の者から慈宇に託されたのだった。

並の女官であれば、そのような重大な文を受け取っても戸惑うだけであっただろう。けれど慈宇は、かつて皇后に仕え信頼を得るほどの明晰さと行動力を有していた。

莉家の当主に直談判し、すぐに雪蛾に取り次いでもらえるように紹介状を書いてもらうと雪凌郡の墨家へ馬を飛ばしたのだった。

同じ北狼州の郡主の頼みであれば、北の覇者を争う墨家は無下にできない。目論み通り雪蛾と相対した慈宇は、文を渡して説得し、郡境まで進軍させることに成功していた。

「四貴妃さまたちが、なぜこのような文を送ったのかはわかりません。それは、後宮に戻った後に、あなた自身で確かめなさい。ただ一つわかっているのは、送り先に私を選んだのは、來梨さまだということです。この文が信の置けない者の手に渡れば、それだけで計画は終わっていたでしょうから」

「さすが、慈宇さんです」

明羽は改めて、自分の師と呼べる人物の能力を思い知った。

文を受け取っただけで事情を察し、たった一人で墨家の当主を動かしてみせたのだ。とても真似できない。

だが、慈宇は謙遜するように首を振る。

「明羽、さっきの雪蛾さまとのやり取りを聞いていました。あなたも、ずいぶん変わりましたね。立派な立ち振る舞いでした。強く、なったのですね」

「慈宇さんに褒められると、なんだか不思議な気持ちになります。いつも、怒られてばかりだったのに」

記憶の中の慈宇は、厳しい表情ばかりだった。

だが、目の前にいる恩人は、柔らかい笑みを浮かべている。これまで後宮で必死に頑張ってきたのを認められた――そんな気がした。

「來梨さまはお元気ですか？　小夏《シャオシイ》は？」

明羽は、慈宇が後宮を去ってからの事を語った。

夜が更け、夏の帝都ではあり得ないほど冷たい風が吹き始める。

辺りを岩山に囲まれ、夜空を見上げれば、降り注ぎそうな北の星々が広がっている。

後宮とは何もかも違う。

けれど、明羽はなぜか、芙蓉宮で一日の仕事を終えて、お茶でも飲みながら話をしているように錯覚する。

話をひとしきり聞いた後、慈宇は明羽の瞳を真っすぐに見つめて告げた。

「私は、あなたに謝らなければならないと、ずっと思っていました」

「なにを、ですか？」

「私は、莉家にいるときから、百花輪の儀がどのようなものか、おおよその予想ができていました。それを、あなたたちに告げずに侍女に選んだ。驕りがあったのです。百花輪の儀がどのようなものでも、私が、あなたたちを守ればよいと」

慈宇の厳しさは、主と侍女たちを守り、自らを厳しく律するためだった。明羽は、今になってそれを理解する。

「明羽――守ってあげることができなくて、申し訳ありません」

慈宇が、祈るような拱手をして頭を下げる。

「そんなことを、おっしゃらないでください。私も小夏も、慈宇さまに選んでいただき救われたのです。百花輪の儀のことを聞かされていたとしても、私も小夏も迷うことなく侍女になることを選んだ。だって、私は今、暖かい布団で眠れて、お腹がふくれるくらい美味しいものが食べられて、夢に見たような暮らしをしているのですよ」

「ですが――百花輪の儀は、これからさらに厳しさを増すでしょう」

「大丈夫です。私たちを選んだのは、慈宇さんです。どうか、自ら選んだ侍女を信じてください」

「ほんとうに、あなたは強くなったのですね」

慈宇は顔を上げると、そっと明羽の手を握る。

「來梨さまを、頼みましたよ」

「はい、まかせてください」

明羽は、力強く宣言する。

「そのためには、まずは明日を乗り切らないといけませんね。張家から栄貝さまをお救いするということは、聞きました」

不安そうな慈宇の声に、明羽は不器用な笑みで答える。

「百花輪の儀に比べれば、張家など恐れるものではないです」

強がりではあったが、慈宇から認められ、來梨のことを託されたことで、体の中から力が湧き上がってくるのを感じていた。

草嘉の都でなにが起きようとも、張家の次期当主がどのように恐ろしい人物であったとしても、後宮に戻るという使命感があれば、不思議と乗り越えられるような気がした。

◆◇◆◇◆

貘突《ばくとつ》は、雪凌郡との郡境から引き返し、草嘉の都に戻るとすぐに張家の門を叩いた。

夜中に近い時間だったが、慎重な張家の次期当主は、貘突の予想通り、不安を誤魔化すために酒を飲みながら寝ずに報せを待っていた。

墨家の正規軍が現れ、追撃を諦めて引き返したところまで話すと、正面から酒杯が飛んできた。

「逃がした、だとっ。ふざけるな！」

呂順は温和で誠実な男で通っているが、それはあくまで表向きの顔であることを張家の家臣ならば誰もが知っていた。失敗をすれば怒りを露にし、口汚く罵る。懲罰を与えることこそ少ないが、失敗をいつまでも忘れず責め立てる粘着さがあった。

貘突は、長年にわたり呂順に雇われていた。金払いは他とは比べ物にならないほどよく、元はしがない野盗でしかなかった貘突が、北狼州有数の傭兵団の長へと成長したのもすべて呂順のお陰だった。恩義があるゆえに、多少の気性の荒さには目をつぶって従う心づもりはできている。

貘突は、酒杯が額に当たり、酒が頬を伝うのを無視して答える。

「墨家の兵は百人以上、まともにやり合ってどうにかなる数ではありませんでした。なぜ、砦ではなく郡境に兵を配置していたのか。あらかじめ何者かが手を回していたとしか考えられません」

「郡境を越えられるまでに、奴らを殺せばよかっただけではないかっ」

「申し訳ありません。護衛が三人と侮りました。三人はいずれも信じられぬほどの手練れでしたので」

「情けないことを言うなっ、それでも北狼最強と呼ばれる傭兵かっ」

呂順は、血走った目を見開いて叫んだ。

指摘はもっともではあった。護衛はたかが三人、雪凌郡に逃げ込まれる前に始末できていれば、墨家の軍隊など関係がなかった。

だが、あの護衛三人の強さは異様だった。たった三人を殺すために、こちらは二十人以上を失ったのだ。怪我人を合わせればその倍以上になる。倒せたのは、数の有利を利用して取り囲み、遠くから矢で射かけたからだ。

最初は相手を甘く見て、岩に囲まれた狭い街道で待ち構えていた。あのまま闘い続けていれば、全滅したのはこちらだったかもしれない。

「守られていた貴族は、いったい何者なのです?」

「お前は、知らなくていいことだっ」

獏突は喉元まで上がってきた不満を押し留める。相手が何者かわかっていれば、どのような護衛が付いているか予想し、対策を立てることはできた。ここまで仲間を失わずにすんだ。

「まぁ、いい。お前たちの傭兵団の動かせる兵をすべて集め、準備をさせろ。うまくいけば、今回の件は帳消しにして、その上で特別に褒賞も付けてやる」

「いったい、なにを始めるつもりですか?」

「やつらは、明日、急いで帝都へ戻ろうとするはずだ。墨家から護衛の兵を借り受けて、安心していることだろう。お前たちの全兵力と、この張家の正規軍で、帝都へと南下するすべての街道を押さえる。どこを通ってこようと、やつらが想定しているのを超える大軍で追い詰め、墨家の護衛ごとまとめて叩き潰してやるのだ」

「張家の軍を動かすのですか? それでは、宮城に目を付けられるのでは?」

当然の疑問であった。張家には関わりの無い野盗に襲われたこととするため、獏突たちが雇われていたのだ。

「多少は面倒なことになるが、あの御方に頼めばどうにでも繕ってくださる。もっとも避けるべきは、あいつらが宗伯から聞いた情報を持って帝都へ戻ることだ。愚かな父が、あの御方の計画を知っていたとは思えないが――必ず殺せというのが、ご命令だからな」

「そうであれば、もはや憂いはありませんな」

獏突は、楽に褒賞が転がり込んでくることを知り、胸の内でほくそ笑んだ。

張家の抱える正規兵は精強だった。多くの郡では、正規兵といっても戦の無い時はそれぞれ故郷に戻って畑を耕している。だが、張家の軍は常に鍛錬《たんれん》を行い、武力を研ぎ澄ませていた。その理由は、墨家と矛を交えるための備えであった。

墨家の軍にも精鋭はいるが、数は多くない。恐しく強かった護衛もすでにいない。ならば、負けることはあり得ないはずだ。

「あの御方のなさることはすべて正しい。俺を幾度救ってくださったか。愚かな父も、愚かな我が義弟も、すべてあの御方の言う通りに、死ぬべきだ」

酔いが回ったのか、溥天廟《ふてんびょう》の信者たちが天に祈るような口ぶりだった。それから、呂順は、あの御方から賜ったのであろう腰に下げていた香嚢《こうのう》を手に取ると頬ずりを始める。

貘突は、自らの雇い主がこのように振る舞うのを、たびたび目にしていた。

あの御方と呼ぶ人物が、後宮で悪名を轟《とどろ》かせている皇太后であることも知っている。

最近は頻繁にやり取りをし、なにかの謀《はかりごと》に加担しているのも勘づいていた。

だが、貘突はそれらのことには一切関心がなかった。

父親を殺すような男でも、国を裏切るような企てに加担していたとしても、傭兵稼業には関係のないことだ。

ただ、三人の護衛の異様な強さだけが、どうにも頭に引っかかっていた。

◆◇◆◇◆

雪凌郡から半日をかけて、墨家の弔問団は草嘉に辿り着いた。

張家からは、墨家の者からの弔問など受け付けない、と無礼にも突っぱねられ、一団は仕方なく市井の宿で一晩過ごした後、雪凌郡へ引き返すこととなった。

だが、本当の目的は、堂々と草嘉の都へ入り、一晩を明かすこと。その夜に張家へと忍び込み、栄貝を連れ出すことだった。

夜が更けると、立ち込めた雲が月を覆った。

宿の窓辺から夜空を見上げていた明羽は、心の中で天の差配に感謝する。闇夜になれば、侵入するのは容易になるに違いない。

「どうやら、天はこちらの味方らしいな」

同じことを考えたらしく、隣に座る李鷗が呟く。

「待つしかできぬとは、歯痒《はがゆ》いですね」

「案ずるな。墨家の隠密部隊は優秀だと聞いている。お前の用意した見取り図と警邏の情報があれば、それほど難しいことではないだろう」

李鷗の言葉に、明羽は小さく頷く。

栄貝を助け出すのは、隠密行動に長けた墨家の精鋭が行うことになった。屋敷内の案内のために明羽も同行を申し入れたが、墨家の兵からは「これだけ情報をいただければ、ついて来てもらうまでもない」と断られた。

ふと、視線を感じる。

顔を横に向けると、天藍石の瞳が、油断ならない相手を見張るような目つきで明羽を見つめていた。

「……私が、化物かなにかに見えますか?」

「馬鹿を言うな。お前はお前だろう。ただ——これまで、鼻が利きすぎると気にはなっていたが、ようやく合点がいったと考えていたのだ」

李鷗は、長らく頭を悩ませていた謎が解けたような晴れ晴れとした表情を浮かべた。

昨夜、明羽は必要に迫られて、自らの持つ〝声詠み〟の能力を伝えたのだった。


久しぶりに慈宇との再会を果たした明羽が部屋に戻ると、李鷗が不機嫌そうな様子で待ち構えていた。

「張家の見取り図と警邏の情報を持っているとは、どういうことだ。いつの間にそんなものを手に入れた」

苛立ちを滲ませながら尋ねてくる。張家に滞在したのはわずか一晩、そのほとんどを明羽と李鷗は共に過ごしていた。疑念は当然のことだった。

「まだ手元にはございません」

「雪蛾さまを謀《たばか》ったのか。それでは、どのように栄貝を連れ出すつもりだ」

「まだ、と申したはずです。張家の見取り図は、今から私が描きます。理由は申せませんが、正しく詳細まで把握しています。まずは、宗伯さまの形見として受け取った煙管を貸してくださいませ」

「……お前が描く、だと。そんなもの、どうして信じられる。確かな情報だという証がなければ、策は立てられぬ」

「信じてください、と申しても駄目ですか？」

「お前の鼻がよく利くのは知っているが、これぱかりは駄目だ。墨家から借り受けた兵士は、命懸けで張家へ侵入するのだ。もしその情報に疑義があるのなら――今からでも雪蛾さまに釈明せねばならぬ」

李鷗の天藍石の瞳が、孤独な光を弾きながら明羽を見つめる。

「先程の言葉は、むしろ俺の方が言うべきだ。俺を――信じろ、明羽」

唐突に名前を呼ばれ、心臓が跳ねる。

明羽は、細く息を吐くと、そっと腰に下げている眠り狐の佩玉に触れる。

「白眉……ごめん。約束、守れないや」

短い沈黙の後、相棒の声が頭に響く。

『仕方ないね。君が、この男を信じるというなら、僕も信じるよ』

後宮に来たばかりのとき、白眉から、明羽が持つ〝声詠み〟の能力については他言しないように忠告されていた。

道具と話せるということは、後宮内の至る所から情報を得られるということ。それが他の貴妃に知られれば、力を利用されるか、警戒されて排除されるか、いずれにしろ明羽の身に危険が及ぶことになる。

だが、今ここで李鷗に信じてもらえなければ、栄貝を連れ出すことはできない。

明羽が取れる方法は、たった一つ。

李鷗を信じることだった。

「私には、長い年月を越えてきた道具の声を聞く力があります。私はこの力のことを――〝声詠み〟と名付けました」

明羽は、幼いころから持っていた力について語り、これまで後宮内の事件を解決してきたのも、能力のおかげであることを打ち明けた。

話を聞いた後、李鷗は思案するように、手首につけている銀の腕輪に触れる。

「……溥天廟の巫女に、そのような力を持った者がいたという記録を、かつて読んだことがあるな」

「宗伯さまの形見として受け取った煙管も、私が声を聞ける道具の一つです。部屋の配置も警邏の情報も、すべてその道具が知っています」

「そのような力があったと考えれば、お前のよく利く鼻にも説明がつく。だが、俄《にわか》には信じられない話だ。お前の言葉を信じるかどうかに、多くの命を賭けることになる」

明羽は腰に括りつけていた白眉を外すと、李鷗に見せるように持ち上げる。

「それでは、証を示しましょう。李鷗さまは、華信律令をすべて覚えていらっしゃるのでしたね？　それは、宗伯さままでも歴代の秩宗尉や大学士寮の学士でもなかなかできぬこと。ましてや一介の後宮の侍女に真似ができることではございません」

「当たり前だ。律令は十六巻全七百二訓からなる華信国を支える背骨だ。その内容は多岐《たき》にわたり、精緻《せいち》かつ精巧《せいこう》だ。俺自身を除いて、今まで、そのすべてを記憶している人間には出会ったことはない」

「この佩玉は、かつて、華信の律令の基礎を作った真卿《しんけい》さまが持っていたものです。そして、私はこの佩玉の言葉を聞くことができる――お好きな巻と訓を言ってください。即座に答えてみせましょう」

天藍石の瞳に、大切なものを蔑ろにされたような苛立ちが浮かぶ。

「……第五巻七訓」

明羽の頭の中に、すぐに白眉の声が響いた。

「第五巻は厩牧《きゆうもく》、すなわち家畜の管理に関わる律令です。七訓は荷馬について。荷馬は必ずその数を役所に届け出ること。届出から一年ごとに状態を確認し報告すること。状態の確認とは、荷馬は米二俵を必ず運べること、一年のうちに必ず片道十里を越える荷運びをしていること、病が無く食欲旺盛であることの三つである」

「第十二巻八訓」

「第十二巻は外交、すなわち隣国との関係について定めた律令です。八訓は北狼州の西境に接する梁雲《りよううん》国について。彼の国は華信建国以来の同盟国であるため友好国として位置付ける――友好国の定義については一訓に定められています」

「第八巻四十訓」

「第八巻は三十八訓まで。四十訓はございません」

天藍石の瞳が、信じられないものを目の当たりにしたように開かれる。

「……本当、なのか」

「さぁ、煙管をお貸しいただけますか？」

明羽は白眉を腰に括り直すと、堂々と左手を前に突き出した。

そうして、青銅の煙管・銅煙姐《どうえんしゃ》に話を聞きながら、張家の詳細な見取り図を描き上げ、警邏の情報を取りまとめたのだった。


窓から夜風が吹き込み、冷たく頬に触れて通り過ぎていく。

墨家の精鋭たちは、今まさに侵入を試みているところだろう。月にかかる雲を見上げ、少しでもその動きが遅くなるように祈る。

「かつて、俺のものになる気はないか、と言ったのを覚えているか？」

正面から聞こえてきた声に、明羽は視線を目の前の男に戻した。

「はい、覚えております」

まだ後宮に来たばかりで、李鷗に目をかけられた時だった。その言葉を告げられた時の苛立ちと嫌悪感を、昨日のことのように思い出すことができる。

けれど、今になって改めて耳にすると、不思議と苛立ちは湧き上がって来なかった。感じるのは、わずかな居心地の悪さだけだ。

「同じ言葉を、今一度言いたい気持ちだ。その力は、これからも俺のために使ってくれ。見返りは用意する。もちろん、他言しない。秘密を守り、密かに利用する方が、俺にとってもっとも益《えき》となる」

「なるほど。これまで通りですね」

明羽はちらりと腰にぶら下がっている相棒に視線を落として尋ねた。

「私のことが、気味悪くはありませんか？」

幼いころ、父や母に打ち明けると、気味の悪そうな顔をされ、誰にも言ってはならないと口止めされた。それ以来、人前で白眉に声を掛けることは避けてきたのだ。

だが、下らない問いを聞いたように笑う。

「どのような力を持っていようが、お前はお前だ。それにな、俺が仕える主は、もっと飛び抜けた力を持っておられる」

そこで明羽は、かつて燃え盛る孔雀宮へ平然と入っていった皇帝の姿を思い出す。確かに、あの力に比べれば、取るに足らないものに映るかもしれない。

遠くから、犬の鳴き声が響く。

二回、三回。それに答えるように別の犬の鳴き声が二回。

夜の街に溶け込むささいな音だが、それは墨家の精鋭たちが使う合図だった。

「……どうやら、連れ出すのは成功したらしい」

「さぁ、参りましょう」

明羽は、やっと体を動かせることに安堵しながら立ち上がる。

ずっと隠し続けてきた秘密を打ち明けたというのに、不安は感じなかった。

部屋を出る前にそっと白眉に触れる。今の話を聞いていたはずの相棒からは、小さな嘆息が聞こえただけだった。


墨家の精鋭たちと決めた集合場所は、草嘉の都を見下ろすことができる丘陵だった。

明羽と李鷗は密かに宿を出て、見張りがいないことを確かめてから向かう。城壁の無い街からは、馬を連れ、夜闇に紛れて逃げ出すのは容易かった。

「……妙だな。墨家から来た弔問団だというのに、見張りもいないのか」

街を離れるときに、李鷗が小さく呟くのが聞こえる。

その理由は、集合場所に着いてすぐに、先に到着していた墨家の兵たちから聞かされた。

「すべて上手くいきました。内部は明羽さんの見取り図そのものでした。警邏は、お聞きしていたよりも手薄でした。どうやら、張家には呂順をはじめとする重臣たちが不在だったようです」

分かれた時は弔問団を装った礼服だった兵士たちは、今は全員が闇に溶け込むような黒色で体の線が浮き出るような胡服に身を包んでいた。

「当主が死んだ翌日なのにか」

「見張りが少なかった理由もそれですね。指示する者がいなかったのでしょう」

「それで、栄貝はどこに？」

兵士たちが道を開けると、その向こうに、切り株に腰をかけている少年の姿があった。

ふいと空を覆っていた雲が動き月の光が差し込み、辺りを明るくする。

明羽にはそれが、この出会いが天に祝福されたものであるかのように感じられた。

女性と見間違うような線の細い顔つきで、伸びた髪を頭の後ろで一本に括っている。

四年ものあいだ軟禁されていたせいで、肌は白くやつれていたが、その目には強い意志が感じられた。

李鷗と明羽は歩み寄ると、その前で拱手をする。

「久しいな、栄貝。辛い目に遭ったな」

栄貝は立ち上がって拱手を返す。それから、目を潤ませながらも気丈に答えた。

「李鷗さま、またお目にかかることができて、栄貝は嬉しゅうございます。助けていただき、ありがとうございました」

「遅くなって悪かった。宗伯さまのことは、お悔やみ申し上げる」

「悔やむことなどありません。父は、その命を全うしたのです。ただ、許せぬのは張家の兄上です。兄上は、皇太后さまの傀儡になり下がった。このまま捨て置けませぬ。どうかお力をお貸しください」

「その物言い、似ていないと思っていたが、父君のようだな」

栄貝は、寂しさと照れくささを合わせたような笑みを浮かべる。その笑みを引き出したことからも、李鷗が慕われていることが伝わってきた。

「つもる話はあるが、まずは教えてほしいことがある。宗伯さまから、なにか預かっていないか？　皇太后の企みに関する情報を、託されたと予想しているのだが」

「父から、ですか？　いえ、なにも受け取っていませんが」

明羽と李鷗は、顔を見合わせる。

銅煙姐の口ぶりは、よほど自信があるようだった。重要な情報を息子に託すことで、李鷗に栄貝を助けるように仕向けたはずだ。

「時折、手紙のやり取りをしていただけです……そういえば、最後に受け取った手紙は少し変わっていました」

「変わっていた、とは?」

「手紙のやり取りは、父に私が生きており、まだ人質として捕らえられていると知らせる証のために許されていました。それまで父からは、息災にしているか、の一文だけだったのですが、最後に受け取った手紙だけは文面が異なっていたのです」

明羽は、李鷗が宗伯のことを変わり者で相手を試すような物言いを好む人物、と評していたのを思い出す。いつも同じ文面だったのは、特別な手紙に気づかせるためだったとも考えられる。

「最後の手紙というのは、ここにお持ちか?」

「読み終えると、すぐに兄上に奪われてしまうので手元にはありません。ですが、どのような内容であったかは覚えています。短い文面でしたから」

栄貝は、何度もその手紙を読み返していたのだろう、すらすらと文面を口にした。

『久方ぶりに釣りに出た。十二匹の魚を釣ったが、食える魚は三十五匹だけだった』

「……なんですか、それは」

明羽は思わず口を挟んでいた。あまりに奇妙な文面だった。

「釣った魚より食べられる魚の方が多いわけないですよね」

突然、師弟の会話に割り込んできた明羽に、栄貝は不愉快な顔一つせず、むしろ賛同者を得たとばかりに会話を続ける。

「そうなんですよ。そもそも、父上も張家によって屋敷から自由に出歩けないように監視されていました。釣りなんて気軽にできるわけがないのです。手紙はすべて呂順兄上に確認されていましたので、兄上に気づかれないようになにかの暗号かとも思ったのですが、まったく意味がわからないのです」

父親の最後の手紙の意図を汲み取ろうと努力をしたのだろう、栄貝の表情には、悔しさが滲んでいた。

「落ち込むことはない。おそらくこれは、俺に向けた手紙だ。宗伯さまが託したのは、その言葉を俺に伝えること――あとは、俺の役割だ。先日の馬小屋のように、すでに手掛かりを受け取っているのかもしれない」

李鷗はそう言うと、銀の腕輪に軽く触れながら考え始める。

明羽も隣で、白眉を握り締めながら考える。

『宗伯が、李鷗との会話の中に手掛かりを残しているとすれば――逆に、これまでのやり取りで無駄に思えたことを探せばいい。わざと皇帝を批判したのには意味があった。では、意味がなさそうだったことは、なにかな』

相棒の声に、明羽は、初めて面会した時の宗伯とのやり取りを思い出す。

その途端、頭の中に、火打石をぶつけたように火花が散るのを感じた。

「……これって、まさか」

言いかけた言葉に重なるように、背後から声が響く。

「李鷗さま、やっかいなことになりました。すぐにここを移動した方がよいですな」

弔問団の代表として同行した丞銀だった。老爺とは思えないほど見事に馬を駆って近づいてくる。その後ろには黒い胡服を着た兵士が二人続いていた。独自に行動して情報を集めていたらしい。

「呂順は、今朝方、軍を引き連れて草嘉の都を出立したそうです。おそらくは街道の至る所に目を光らせているでしょう」

「それで、張家の警邏が手薄だったのか。俺たちが、墨家の護衛をつけて帝都へ戻ると踏んだわけだな」

「やつらは夜通し見張りを続けております。墨家に戻る道も、帝都に向かう街道はもちろん、道を外れて抜けようとしても、要所には見張りが配置されているようです。見つからずに草嘉郡を出るのは難しいかと。いかが、いたしますか？」

「申し訳、ありません。私のせいでこのような」

話を聞いていた栄貝が狼狽えた声を上げる。

明羽も心の中で悲鳴を上げそうになった。あと四日の内に後宮へ戻らなければならない。街道を使ってなんとか間に合うかという日程なのに、さらに遠回りをすれば絶望的だった。

けれど、李鷗は落ち着き払っていた。

「丞銀さま、お願いしていた狼煙《のろし》は上がりましたか？」

「えぇ。昼間、雪凌の方角より四本の煙の柱が立ち上るのをはっきり見ました」

「ならば、賭けましょう。私たちは、真っすぐに帝都街道を南下します」

李鷗は手短に、雪凌郡を出る前に仕掛けた策を告げる。危うい賭けではあったが、誰からも、異論はなかった。

全員が直ちに出立の準備を整える。栄貝は兵士の後ろに乗り、李鷗は当然のように明羽の後ろに乗った。もはや、強がりを言える状況でもなかった。

「……しっかり捕まっててくださいよ」

明羽はそう呟いて、馬の脚を前に進める。

明羽たちの前に呂順が率いる張家の軍勢が現れたのは、もうすぐ草嘉郡を抜けるという所まで進んだときだった。

呂順は、目の前に李鷗たちの姿を見つけて歓喜した。

早朝から出陣し、綿密に網を張って監視した。それだけ不安だったのだ。取り逃がしでもしたら皇太后に失望されるかもしれない。

だが、李鷗たちはいっこうに網にかからず、恐怖にも似た焦りを募らせていた。

斥候部隊から見つけたと知らせを受けたのは、もうじき日が昇るといった時刻だった。逃げ道を塞ぐように散り散りに配置していた兵を集めて向かうと、馬鹿正直に帝都街道を南下してくる一団が見えた。

「これで、あの御方は、またお悦びくださる。また褒めてくださる」

呂順にとって、皇太后に褒められることがすべてだった。

幼い頃に父が帝都に上り、母を病で亡くし、広い張家にたった一人残された。張家の家臣たちは呂順に厳しく接した。それは、宗伯からの張家の後継ぎとして相応しいように育ててくれ、という命によるものだったのだが、幼い呂順は両親がいないのをいいことに憂さ晴らしをされているように感じた。呂順は父に何度も手紙を書いたが、返事が届くことはなかった。

代わりに、父のことをよく知るという人物から、手紙が届くようになった。

その手紙は、父親が不在の孤独を慰め、家臣たちの横暴に憤り、呂順こそが誰よりも張家当主に相応しいと褒めちぎった。

相手は、皇太后・寿馨《じゅけい》であった。何度かのやり取りの後、正体を打ち明けられた手紙には、どんな相談にものると記されていた。

領内で疫病が発生すると、手紙の主はたちまちのうちに薬を集めてくれた。蝗《いなご》の大群が発生し不作になった年には、有り余るほどの米が届いた。街道を野盗に占拠されたときも援軍を送ってくれた。

やがて呂順にとって、手紙の向こうにいるのは、単なる相談相手ではなくなっていった。幼い頃に亡くした母を重ね、振り向いてくれない父を重ね、さらには守護霊のように守り支えてくれる神聖な存在であるかのようにさえ感じていた。

帝都で父親に新しい子が生まれたことを知ると、呂順はさらに皇太后に傾倒していった。

成人し、呂順が正式に当主代理になる頃には、会ったこともない皇太后に完全に心酔していた。言われるがままに、これまで自分を育ててくれた家臣たちを追放し、皇太后の息のかかった者たちを招き入れた。企みに加担し、郡の管理もすべて言いなりだった。ようやく帝都から父が戻って来ても、もはや愛着の欠片《かけら》もわかないほどに支配されていた。

寿馨を信じるきっかけとなった疫病や野盗などのいくつかの事件は、寿馨自身が背後で糸を引いていた。宗伯宛に送った手紙の返事が来なかったのも寿馨によって止められていたからだったのだが、呂順が知る由もなかった。

「やつらめ、真っすぐ向かってくるぞ。交渉でもできると思っているのか、馬鹿め。近づいたところで皆殺しにしてやる」

呂順は、目を血走らせて呟いた。

これまでどこでなにをしていたのか、栄貝の顔を見つけた途端に理解した。

「そうか。あの忌々《いまいま》しい弟を救い出していたのか……ちょうどいい、あいつも一緒に潰してやる」

父が、帝都で生まれた息子と暮らしていると聞いた時の絶望を思い出す。父への愛情は消えたが、栄貝への嫉妬《しっと》だけは色褪《いろあ》せることなく残り続けていた。

「ただでは殺さぬ。腕を斬り落とした後、馬に括りつけて草嘉の都まで引きずってやるぞ」

「墨家の護衛もいるようですが、全部で十人程度。精鋭のようですが、昨日の三人のような化物ではないでしょう」

獏突が、相手の戦力を冷静に見極めながら告げる。

「それも使えるな。栄貝を連れ出したのが墨家なら、戦をしかける良い口実になる。俺の代で、長きにわたる北狼州の諍いも終わりにできるわけだ。北狼州を従える主家となれば、さらにあの御方にご奉仕ができる」

獏突が白けた表情を雇い主に向けるのに、夢想の中にいた呂順はまったく気づかなかった。

そこで、李鷗たちが唐突に、速度を上げて駆け出した。

「やつら、ようやく街道を逸れましたね。森の中に逃げて攪乱するつもりでしょう」

「愚かなことを。ここが誰の土地かをわからせてやれ。この丘陵の森は北狼の騎馬には平地と変わらぬ。さぁ、狩りの始まりだ」

呂順は魔に魅入られたように唇を歪めて笑うと、全軍に追撃を告げた。

◆◇◆◇◆

馬を蹴り、全速力で駆ける。

「李鷗さま、しっかり摑まってください」

明羽は声を上げる。腰に巻き付く力が強くなるのを感じながら、向かい風を避けるために姿勢を低くする。

明羽たちは、馬を疲れさせないようにゆっくりと帝都街道を南下してきた。もうじき草嘉郡を抜け、北狼草原に差し掛かるところで、ついに目の前に張家の軍が現れた。

相手は五百人を超える、予想以上の大軍だった。

目の前に森が迫るのを、手綱を引いて避ける。森を迂回するように、なだらかな丘陵の草原を駆け登る。丘の向こうでは、東の空が少しずつ白んでいるのが見えた。

背後から、馬群の足音が地鳴りのように追いかけてくる。

雪凌郡へ逃げ延びた夜、命を賭して守ってくれた三人のことが頭を過《よ》ぎる。

こんなところで、死んでたまるか。

明羽は必死で馬を駆る。だが、馬の差か、技術の差か、距離はぐんぐん縮まっていく。

「このままでは、追いつかれますっ」

「後ろを気にするな、丘に向かって駆け続けろ」

李鷗の声は、侍女の腰にしがみついているとは思えないほど強く響き、周囲を走る墨家の兵たちもまとめて鼓舞《こぶ》した。

「矢がきますっ」

栄貝の声に反応し、明羽は咄嗟に頭を下げる。

矢の雨が降り、馬の首を掠《かす》めて通り過ぎる。

李鷗の策の通りに動いていたとしても、ここで追いつかれたら終わりだった。

そもそも、本当に、その策が当てになるのか。

どろりとした不安と焦りが頭を支配しかけた時だった。

「あいつは誰より目がいい。気づくと言ったろ」

後ろから、三品位の呟きが聞こえる。

はっとして、明羽は前方に顔を向けた。

なだらかな丘の上に、騎兵の影が一つ浮かび上がった。

やがて、その後に続くように影は二つ三つと増え、百を超える集団になる。

明羽と墨家の兵たちは、騎影に向かって走った。

「張家の者たちは、どうやらこの北狼草原でいったいどこの軍が演習をしていたかは知らなかったようだ。この丘を登り切れば、俺たちの勝ちだ」

日が昇り、雲間から朝日が差し込んでくる。

朝焼けが空を赤く染め、草原から闇を追い立てていく。

丘の上に立つ騎影の姿が、光に照らされて明らかになる。揃いの濃緑の鎧。掲げられた旗には、皇帝の直属軍であることを示す龍爪の上に、烈、の一文字が刻まれていた。

それは――華信国最強と謳われる禁軍第一騎兵の証だった。

◆◇◆◇◆

逃げ惑う騎馬を追いながら、貘突は雪凌郡の郡境での悪夢が払われていくのを感じた。墨家の精鋭たちも、これだけの兵力差の前では逃げるのが精一杯だ。郡境で闘った三人が異常に強かっただけだ。あんな精兵がそうそういていいはずがない。

ここはもう、自分の知る戦場だ。戻ってきたのだ。

だが、丘の上に新たな騎影が現れ、翻る旗を見た瞬間、ずっと引っかかっていたものの正体に気づいた。

貘突は右手を伸ばし、背後を走る部下たちに停止の合図を送る。

「なんのつもりだ、なぜ止まるっ」

並行して走っていた呂順も、すぐに気づいた。貘突の少し前で止まると、振り向いて怒声を上げる。

あと少しで槍が届くというところまで追いつめていた墨家の兵たちの背中は、瞬く間に遠ざかる。そして、丘の上に現れた騎影に向けて真っすぐ登っていく。

「なぜ、ですって。あれが見えないんですか？」

猰突は震える指先を、丘陵の上へと向けた。

「帝都の禁軍だろう。用心深く潜ませていたようだが、たかが百騎かそこらだ。こちらの兵力は五倍以上、恐れるに足らぬ！」

自軍の士気を上げようと考えたのか、呂順はわざと声を張り上げる。

だが、猰突に続いて旗の文字に気づいた部下たちは、白けるような視線を雇い主に向けた。

「禁軍に手を出して、帝都に目を付けられることを案じているなら無用な心配だ。あの御方が、すべてを葬り去ってくれる。安心して蹴散らしてやればいいっ！」

「ふざけんなっ、お前は、あれがなにかわかってねぇのか！」

猰突は、耐えきれずに叫んだ。

戦いに身を置くものなら、その名を知らないものはいない。

第一騎兵。禁軍の精鋭であり、南虎炎《えん》家の山岳騎兵と並び華信国最強と呼ばれる騎馬隊だ。それを率いるのは、軍神と呼ばれる男、烈舜《れっしゅん》。

猰突は、戦は数で決まると考えていた。だが、それは誤りだった。

おそらく、目の前の部隊は一人一人が、あの三人と同等の実力を持っている。それが連係して戦術を伴って襲い掛かってくる。

「俺は抜ける。これ以上は、付き合ってられねぇ」

呂順は、金払いのいい雇い主であり恩義もあったが、命を賭けるほどの義理はない。獏突は剣を捨て、自らの命を軍神の気まぐれに賭けることにした。部下たちもそれに倣い、武器を地面に投げる。もし命を長らえることができたとしても、これまでのように傭兵には戻れないであろうことだけはわかった。

「もういいっ、傭兵など当てにした俺が愚かだった。北狼の兵の面汚しめっ。張家の軍だけでもやつらの三倍はいる。恐れるに足らんっ。さぁ、張家の精鋭たちよ、続けっ！」

呂順は声を張り上げると、剣を掲げて馬を走らせる。

だが、それに続いたのは、皇太后の息がかかった十数騎の呂順の側近だけだった。

丘の上から、獣の咆哮《ほうこう》のような声が響く。

「龍の旗を掲げよっ！」

それは、皇領の州訓だった。

その声を合図に、兵士全員が抜刀する。

渡り鳥の群れのような美しい陣形を描き、第一騎兵が駆け出した。

◆◇◆◇◆

丘を登る明羽たちは、駆け下りてきた騎兵とすれ違う恰好になる。

第一騎兵はいずれも優れた馬術で登ってくる馬を躱して風のように通り過ぎていった。

丘の上に辿り着くと、明羽はやっと馬を止めて背後を振り返ることができた。

すでに戦いの趨勢《すうせい》は決まっていた。

敵の大半は戦意を失い、武器を捨てている。駆け出したのはわずか十数騎。

先頭を走るのは、呂順だった。次期当主として武術も習っていたのだろう、剣を掲げて駆ける姿は堂に入ったものだった。

対する烈舜は、剣を抜きもせず、馬上で両手を広げていた。明羽の場所からは顔は見えなかったが、いつものように不敵な笑みを浮かべているのが想像できた。

すれ違いざま、呂順は鋭く剣を振るう。

烈舜は上体を傾けて躱しながら、無造作に呂順の足を摑んだ。

そのまま馬上から跳ね上げる。呂順は体勢を崩し、たちまち落下する。

他に歯向かおうとしていた兵も、第一騎兵の精鋭によってあっさりと斬り伏せられ地面に転がっていく。第一騎兵には怪我人一人おらず、それは最早、戦ですらなかった。

戦いが終わったのを認めてから、明羽は烈舜に馬を寄せた。

近づくと、呂順の叫び声が聞こえてきた。

「ふざけるなっ。俺は張家の当主だぞ。こんなことをして只ですむと思うな。あの御方が黙っていない、きっとお助けくださるっ！」

後ろ手に縄で縛られたまま、血走った眼で声を上げ続けている。当然、誰も相手すらしていない。

烈舜は部下に、投降した兵を見張るように告げると、馬から下りて近づいて来る李鷗を迎えた。

「大変だったみたいだな」

李鷗も馬を下り、宮城内の数少ない友人に歩み寄る。

「予定よりも遠い場所からだったが、気づいてくれて助かった」

「当たり前だ。狼煙を見落とすような下手は打たねぇよ」

あらかじめ李鷗と烈舜のあいだには取り決めがあった。救援が必要になったら、龍の爪と同じ四本の狼煙を上げる。狼煙を見つけたら、草嘉まで軍を進めて欲しいというものだ。そのため、李鷗は雪凌郡の砦を出立する前に、四本の狼煙を上げてもらうように頼んでいた。そして、張家が街道を塞いでいることを知った後、第一騎兵と合流することに賭けて南下したのだった。

「それで、燕雷たちは？」

「すまない。お前から借り受けた三人の兵士は死んだ。俺の命があるのは、彼らのお陰だ」

「……そうか」

烈舜は顔色変えずに答えると、まだ喚《わめ》き続けている呂順に無造作に歩み寄る。そして、無言で殴りつけた。

呂順は気を失い、白目を剝いて倒れる。

「その男には、聞きたいことがあったのだがな。お前に殴られたら半日は起きないだろう」

「殺さなかっただけ、ありがたく思え」

「いや、他者に心酔した手合いは、拷問されても喋らない。無駄な手間が省けたと考えよう――これで、頼みの綱は、栄貝に届いた手紙だけになったな」

最後の言葉は、明羽に向けられたものだった。

明羽も馬から下りながら、何気なく答える。

「それについてですが、おそらく手紙の意味はわかりました。ただ、答えはわかりません」

「どういう意味だ、それは」

「華信律令です」

明羽は、白眉の助言を受けて辿り着いた答えを口にする。

『久方ぶりに釣りに出た。十二匹の魚を釣ったが、食える魚は三十五匹だけだった』

それが、栄貝の受け取った手紙の文面だ。

宗伯とのやり取りの中に手掛かりがあったとすれば、これまでの会話でもっとも意味のなさそうだったことが謎を解く鍵になる。白眉にそう言われて思いついたのは、屋敷で面会したときに李鷗をわざわざ昔のあだ名で呼んでからかったことだった。

律令小僧。

李鷗が秩宗部に入ったばかりの時、律令をすべて記憶し、事あるごとに違反を指摘していたために付けられた二つ名。

つまり、栄貝が受け取った手紙に書かれていた二つの数字は、律令の巻と訓を表している。一度気づいてしまえば、そうとしか思えなかった。

「……なるほど、律令か。十二巻は、外交だな。近隣国との関わり方についてまとめたものだ」

「ええ。ですが、この仮説には問題があります。十二巻は、三十一訓までしかありません。三十五訓はないのです」

李鷗は頭の中に入っている華信律令を開くような間をおいてから、納得したように頷いた。

「いや、三十五訓はある。真卿が華信律令を作った時は、十二巻は三十一訓までしかなかった。それは、当時の華信の領土が今より狭く、大陸の東の端まで達していなかったからだ。十二巻は国土拡大のたびに改令され、今では三十七訓まである」

「やはり、そうでしたか」

「三十五訓は、東国の島国、騎亜《きあ》国との関わり方を示すものだ。海洋国との貿易の基準について取りまとめたもので、改令は今より九十年ほど前だ」

明羽は、ちらりと腰にぶら下がった眠り狐の佩玉を見る。白眉が後宮を離れたのは百五十年ほど前、改令を知らないのは当然だった。

「騎亜国、か。そうか。未だ直接使節の一人さえ華信の国土を踏んだことのない神凱国に、どのようにして地図を渡すつもりなのかと考えていたが……海洋国家の騎亜なら、牙の大陸とも交易を行っているな」

「地図の仲介役、というわけですね」

「普段は、騎亜国の商人が帝都を訪れることはない。だが、もうじき建国の祝賀がある。その際には、使節団に伴われて商人たちも帝都に入るはずだ。日時と場所とは、それらを調べろということか。これが、宗伯さまが伝えようとした情報というわけだな」

「……父の残した手紙の意味がわかったのですね。さすがです、李鷗さま。驚きました」

振り向くと、栄貝が近づいてきていた。

李鷗と明羽は顔を見合わせ、誰に聞かれてもおかしくないような場所で話をしていたことを互いに迂闊だったと笑い合う。聞かれた相手が栄貝であったことは幸いだった。

「さて、李鷗、こっからどうするつもりだ？　俺には事情はわからんが、一大事なのだろう」

烈舜が首を大きく曲げて、豪快に骨が鳴るような音を響かせながら尋ねてくる。

「建国の祝賀は二日後だ。急いで情報を届けねばならん。そこで、いくつか頼みがある。まずは邯尾の万家の大店から後宮に手紙を届けて欲しい」

「あぁ、問題ない。すぐに早馬を仕立てよう」

「それから、帝都から今回の顚末について沙汰があるまで、草嘉郡を任せていいか？　第一騎兵を駐屯させ、栄貝を支えてやってくれ」

「わかった。政治のことはよくわからんが、治安を守るだけなら慣れたもんだ。それだけか？」

「あと、もう一つ頼みがある」

わずかな間を置くと、前の二つの依頼よりもやや言いにくそうに告げる。

「帝都に戻る話だが――明羽は、今日を含めてあと四日以内に後宮に戻らなければ、追放になってしまう。この娘は、これからも俺にとって必要だ。なんとかできるか？」

軍神と呼ばれる将軍は、滅多に見られない面白いものを見たかのように顔を歪める。

「そりゃあ、一大事だな。急いで出立の準備を整える、隊の中でも走破が得意な奴らを見繕ってやるよ。寝心地は保証しねぇがな」

そう言うと、馬に跳び乗り、部下の元に駆けていった。

明羽は思わず、李鷗の顔を見上げる。後宮に戻る期日まで、しっかり覚えていてくれたことが意外だった。

「李鷗さま、ありがとうございます」

「礼など不要だ。お前のことは、これからも利用させてもらうつもりだ。このようなところで消えてもらっては困る」

「ええ、存分に利用してください。見返りはいただきますが」

明羽は、小指で口角を持ち上げるようにして笑みを作る。

それを見て、李鷗は照れくさそうに顔を背けた。

「……李鷗さま、張家は、取り潰しになりますでしょうか？」

話が一段落したのを見てとったのか、横から栄貝の不安そうな声が聞こえる。

李鷗はすぐさま仮面の三品と呼ばれる冷静な表情に戻ると、かつての教え子に顔を向けた。

「いや、私がそうはさせない。呂順とその側近たちの極刑は免れないが、それと張家の存続は別の話だ。そして、次期当主となるのは、栄貝、お前だ。大変な役目だが、張家の命運はお前にかかっている」

「わかりました。草嘉で生まれ育ったわけではありませんが、私の中には草嘉の血が流れています。この美しい郡をまとめてご覧に入れましょう」

栄貝は片膝を突くと、深く拱手をする。

「これを。父上の形見として受け取ったものだが、お前が持っているのが相応しい」

李鷗はそう言うと、懐から煙管を取り出して栄貝に渡す。

真卿が愛用していた、意思の宿った道具である銅煙姐だった。

「この煙管は、帝都にいた頃から父が肌身離さず身に着けていたものでございました。ありがとうございます」

明羽はそっと白眉に触れると、囁いた。

「……なにかお別れを言う？」

すぐに頭の中に声が響く。

『別に要らないよ。僕たちは同じ人物に使われただけ、友ってわけじゃない』

道具同士に友情が芽生えるのかはわからないが、明羽はあまりにあっさりした言い方に寂しさを覚えた。けれど、続いた言葉に、ささやかな感傷は吹き飛ぶ。

『お互いに良い持ち主に巡り合えた。またいつか会えるよ』

視線に気づいたように、栄貝が明羽の方に向き直る。それから、後宮の侍女ではなく、貴妃の名代として改めて拱手をした。

「明羽さまも、ありがとうございました。明羽さまが北狼州へ来られた理由は聞いています。私が正式に当主に選ばれた暁には、張家が全力をもって、來梨さまの後ろ盾となることをお約束いたしましょう」

「……本当ですか？」

「あなたのような侍女が仕えているのです、きっと來梨さまは百花皇妃におなりになるでしょう。そうなれば、後ろ盾となった張家にも利がございます」

「すっかり御当主の貫禄ですね。來梨さまにお伝えしておきます」

思わぬところで、北狼州にやってきた目的も無事に果たせたらしい。

明羽は、後宮で待つ來梨や小夏がこの報せを聞いたらどのような顔をするだろう、と思い浮かべる。

さらに背後から、複数の馬の足音が近づいて来る。

「おやおや、これはもしかして先を越されましたかな」

雪凌郡の郡相である丞銀だった。後ろには墨家の兵たちが続いている。

さっきまで見事に馬を駆っていた老爺と同一人物とは思えないほど、辛そうに馬を下りると、腰をとんとんと叩きながら拱手をする。

「もし、このたびの栄貝さまを連れ出すことが上手くいったならば伝えろと、雪蛾さまより申し付かっていたことがあります」

「雪蛾さまから？」

「雪凌郡の郡主・墨家と、墨家に連なる郡は、北狼州の貴妃・來梨さまを支援する。後日、後宮へ使者を送るゆえ詳しくはその場で相談されたし、とのことです」

「……え？　墨家も、芙蓉宮をご支援くださるのですか？」

「ええ。栄貝を助け草嘉に安定をもたらしたのであれば、噂通りの負け皇妃ではない。それに、張家が支援する以上、墨家もしないわけには参りません。皇后になられた後、張家にばかり目をかけられては堪りませんからな」

墨家の年老いた郡相は、横目で張家の若い次期当主を見つめる。その眼差しは、老獪な政治屋としての一面を覗かせていた。

「なにも持たない負け皇妃が、どうやら強力な後ろ盾を得たようだな」

李鷗が、思わぬ展開に苦笑いを浮かべながら呟く。

「……はい。これで私も、胸を張って後宮へ戻れます」

遠くで、烈舜が呼ぶ声が聞こえる。

二人に拱手をし、別れを告げて向かうと、見覚えのある荷馬車が用意されていた。

「結局、これで戻るのですね」

「当然だろ。帰りは少数精鋭の最速の行程だ、さらに揺れるだろうから覚悟しろよ」

「あれより揺れるのか」

李鷗は、行きの不快感を思い出したのか、すでに顔色が悪くなっている。

「間に合うのであれば贅沢は申しません。それに、今ならどこでもすぐに眠れそうです」

緊張が緩み、草嘉を出てからここまで夜通し馬を進めてきた疲労が、いっせいに襲い掛かってくるのを感じた。

明羽は荷台を覗き込み、そこで、行きにあったものが消えているのに気づいた。

「あれ……豚は、どこへ？　檻も酒樽もないじゃないですか」

「そりゃ、食べたに決まってるだろ」

烈舜が当たり前のように告げる。それから、厳めしい顔がわざとらしく歪んだ。

「まさか、今さら李鷗と二人で乗るのが気まずいって言うんじゃねぇだろうな」

明羽は返答に困る。いくら打ち解けたとはいえ、これほど狭い場所で仕切りさえないのは、さすがに居心地が悪い。

「俺は、気になどしない。まずは急ぎ帝都に戻るのが第一だ」

淡々とした声に思わず見上げるが、李鷗はさっと顔を背けたため、どのような表情をしているかは見えなかった。

「そうであれば、私も気になどしないですよ」

明羽も強がって答える。

やり取りを聞いていた烈舜は、また大げさに笑い声を上げた。


それから明羽と李鷗は、万家経由で後宮へ届ける手紙を烈舜に託し、荷台に乗って北狼草原を出立した。

出立してすぐは居心地の悪さを感じたが、体に溜まった疲労により、深い穴に吸い込まれるように眠りに落ちた。

ほのかに香る白梅香は、眠りにつく明羽にひと時の安らぎを与えてくれた。

第五話　芙蓉の花が開く頃

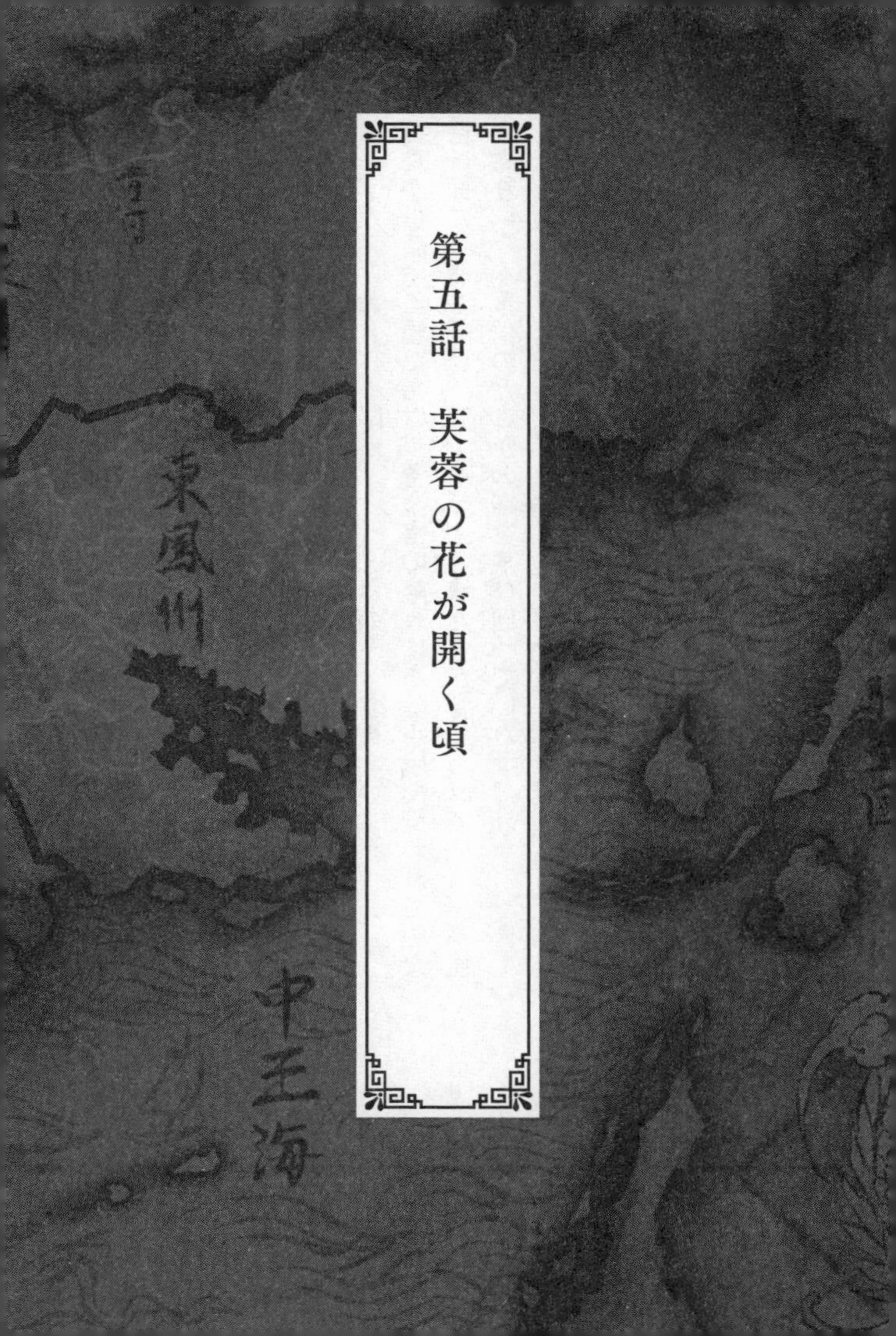

狭い小屋の中には、羽音と鳴き声が重なり合って響いていた。

早朝、まだ東の空が染まり始めたような時間だったが、鳥たちの朝は早い。世話人である黄鳥《きちょう》も、同じく早く起きるのが日課だった。

「ほら、たんとお食べ。陽々《ヤンヤン》、どうしたの？　食欲ないよ」

黄鳥が世話する鳩たちは、黄金宮の離れにある小屋で飼われていた。

壁一面に鳥籠が並び、五十を超える鳩たちが育てられている。鳥籠のうち半分ほどは空であり、今も華信のどこかの空を飛び回っていた。

「山々《シャンシャン》は、怪我はどうなったかな？　おぉ、よくなってるね。もうちょっとでまた南虎州まで飛べるよ。きりきり働いてもらうから」

他の侍女には見分けなどつかないが、黄鳥は一羽ずつ見分けて名前を呼び分けることができた。怪我や病気がないか、どの程度遠くまで飛べるか、籠の中で羽ばたく姿を一目見ればわかった。

そこで、新しい羽音が窓から飛び込んでくる。

二羽の鳩は小屋の中を一周してから、天井から吊り下げられた止まり木に落ち着く。

黄鳥はその二羽にも、すぐに声をかけた。

「土々《トウートウー》に林々《リンリン》じゃないか。久しぶり。北狼州から帰ってきたんだね。ってことは——大変だ」

黄鳥は、二羽の足に括りつけられていた筒を取る。大事な文であれば、途中で鳩が外敵に襲われるのに備えて、何羽かに同じ内容のものを持たせて放つ。おそらく、二羽が運んだ筒の中には同じ文が入っているだろう。

黄鳥は長旅から戻ってきた鳩たちにたっぷりの餌と水を与えてから、主の元に走った。

◆◇◆◇◆

手紙を受け取った星沙《シンシャ》は、いつも瞬時に明晰な判断を下す彼女には珍しく、机の上で手を組んで考えていた。

香ばしい緑茶の香りと共に、急須を持った雨林《ユーリン》が近づいてくる。

「どうされました、難しい顔をしておいでですよ?」

雨林は、星沙の前に美しい蝶が描かれた白磁の茶碗を置くと、慣れた手つきで茶を注ぐ。星沙は険しい顔のまま茶を口に運んだ。

ふと、眉間の皺がほぐれ、口元を綻ばせる。

「万樹園《まんじゅえん》の緑茶ね。今年もよい出来だわ」

「さすがでございます。昨日、本家から届きました。ぜひ星沙さまにご品評いただきたいとのことです」

「これなら、金票を付けて売っていいわ。最良と呼ばれた二年前には風味が少し劣るけれど、万《まん》家推奨の高級茶として棚に並ぶのに相応しい品よ」

「では、そのように本家へ返事をしたためます」

星沙は茶碗を机に戻すと、そっと手の平に隠すようにして持っていた小さな紙を雨林に渡す。

「今朝、届いたわ」

手紙を読んでも、雨林は表情一つ動かさなかった。官僚然とした事務的な声で答える。

「同盟の甲斐がございましたね」

黄金妃は、つんと尖った顎で頷いてから答える。

「問題は、これをどのようにして、しかるべき者へ伝えるかよ。秩宗部も刑門部も、どこにだってあの方に通じる者がいるわ。あの方の耳に入ってしまえば、せっかく李鷗《りおう》さまが届けてくださった情報も紙屑《かみくず》に変わる。それどころか、もう二度と、このような機会はないわ」

「陛下に、直接お渡しすればよろしいのでは？　今日の昼、陛下が黄金宮へお渡りされるとの報せを受け取っています。明日の銀器祭にも間に合うでしょう」

「それも考えたわ。問題は、陛下の側にいる宦官や衛士も信用ならないことよ。話を聞かれないのはもちろん、文で渡したとしても盗み見られることも警戒しなければいけない。不自然さを悟られることさえも避けたいわ」

短い逡巡を終え、星沙は細く息を吐く。

「やはり……ここは、あの方が適任ね」

星沙はそう呟くと、他宮の貴妃に向けて簡潔な文をしたためた。

◆◇◆◇◆

雲精花園にて百花輪の貴妃の同盟が結ばれた後、以後のやり取りはすべて侍女を通じて行うことと取り決めた。

黄金宮の侍女・雨林が庭園で凌霄花の花を摘んでいたときに落とした文を、後からやってきた水晶宮の侍女・花影《かえい》が拾う。

花影が木陰の亭子に残した文を、翡翠宮の侍女・香芹《こうきん》が拾う。

香芹が歩いていたところを小夏《シャオシィ》が呼び止め、挨拶程度の会話を交わす最中にそっと袖に文を入れる。

こうして、北から届いた手紙は百花輪の貴妃の元へと届けられた。

◆◇◆◇◆

後宮に煌びやかな銅鑼の音が響き渡る。

それは、皇帝が天礼門《てんれいもん》から後宮に入り、渡りを行うときに響く音だった。その音が聞こえると、貴妃たちは、栄花泉に架かる九曲橋《きゆうきよくばし》から舎殿へと続く入口に並び出迎えるのだ。

栄花泉には、蓮と睡蓮が競い合うように咲き誇っている。薄桃色の美しい花は、紫の龍袍《りゆうほう》を纏う皇帝が歩む橋の両脇を美しく染めていた。皇帝の背後には数人の警護衛士と宦官が並ぶ。

皇帝・兎閣《とかく》が訪れたのは、水晶宮だった。

「よく来た。二度も続けての訪宮とは、嬉しいことじゃ」

訪殿した皇帝を、水晶妃・灰麗《はいれい》は妖しい笑みを浮かべて迎えた。

どこか人ならざる雰囲気を漂わせているせいか、その肌や髪に触れることは禁忌《きんき》を犯すようであり、それゆえに他の貴妃とは異なる背徳にも似た色香がある。

だが、兎閣は旧知の友に会ったかのような親しげに声をかけた。

「不思議なものだ。灰麗妃は得体が知れぬという者が多いが、君の顔を見ると、他の貴妃といるときとは異なる安らぎを覚える」

「他者に理解されぬという意味では、わしと其方は似た者同士だからかもしれぬ」

水晶宮には、花とも香木《こうぼく》ともつかない甘い香が立ち込めていた。

窓には帳が掛けられ、室内は昼日中だというのに薄暗い。装飾は控えめだが、ところどころに龍の描かれた八角鏡や教文が描かれた織布などの溥天《ふてん》にまつわる品が飾られている。

皇帝を迎えるための花幻《かげん》の間は、舎殿と渡り廊下で結ばれた離れにあった。主が中に入ると、背後に控えていた家臣たちは入口で片膝をついて待機する。

花幻の間の窓には帳に加えて簾が掛けられ、水晶宮の中でも特に暗かった。手前には長椅子が置かれ、奥には褥《しとね》と浴槽が並んでいる。

兎閣は豪奢な花氈《かせん》の敷かれた椅子に腰を下ろすと、王というよりは学士か医者のように淡々と声を発した。

「今日は水晶宮を訪れる日ではなかったのだが、黄金宮から忙しいので日を改めて欲しいと言われた。百花輪の貴妃が忙しいと皇帝の訪宮を断るとは、この華信の二百年の歴史の中でもなかったことだろうよ」

「商売第一主義の万家の娘らしいの。あの女を皇后に選べば、宮城が商いに振り回されるかもしれぬな」

「翡翠宮に訪宮の遣いを出したら、体調が悪いと断られた。夏風邪をひいたそうだ」

「ほう、天女も風邪をひくのか。おもしろいことじゃ」

かつて溥天廟の巫女であった貴妃は、愉快そうに笑う。

それは、普段の灰麗しか知らぬ者が見れば驚くような、年相応の娘のような笑みだった。

「それにしても、お主もひどい男じゃ。他の貴妃に断られたことなど黙っておけばよいであろう。それが心遣いというものじゃ」

「君なら貴妃の多忙や夏風邪の理由を、知っているかもしれないと思ってな。占いでなんでも見通しているのだろう」

「まったく、なんど言わせるのじゃ。わしの予知は占いではない。信じる気がないのであれば、もう二度と視てやらぬぞ」

灰麗は、今度は珍しく拗ねたような顔で言う。

「そう言ってくれるな。俺は、君の能力を当てにしているんだ」

「わしの言う通りに動いたことなど、数えるほどしかないではないか」

「当たり前だ。俺は皇帝だ、国の舵は俺の考えでしか動かさない。だが、君の能力を信じていないわけではない。思考の糧にしている、とでも言えばよいか」

「まったく、調子のよいことじゃ——それで、なにを知りたい？」

皇帝はもったいぶった様子で、顎に手を当ててから告げる。

「建国の祝賀のことだ」

「ほう。銀器祭か」

「各国の使節団から祝辞を受けることになっている。つつがなく終わるかどうかが知りたい。七芸品評会のようなことは、二度とあってはならぬ」

「使節団に不埒な考えを持つ輩《やから》が交じってないか知りたいということじゃな」

灰麗は部屋の外で待機していた侍女に声をかけると、墨と硯を用意するように告げた。

それから、まだ昼だというのに、火のついた蠟燭《ろうそく》を持って来させる。

「いつもと、やり方が違うな」

「決まったやり方などない。わしの予知は、ただ視るだけ。強く念じると、望む未来が垣間見える。墨も灯りも、すべてはわしの集中を高めるためだけの小道具じゃ」

そう告げると、灰麗は目を瞑った。

皇帝は、水晶妃が集中を始めたのを悟り、口を噤んだ。

しばらくしてから、灰麗は目を開く。

青みがかった瞳が、蠟燭の灯りに照らされて妖しく輝いていた。

灰麗は、彼岸からこの世を見ているような遠い目で、侍女の用意した紙に短い一文を書き、無言で皇帝に渡す。


黄金宮が北からの文を受け取った。

祭りの最中、騎亜国の商人に華信の地図を渡す企みあり。


それは、予知の結果をしたためたものではなかった。

李鷗と明羽《めいう》が命がけで入手し、貴妃たちの同盟によって、黄金宮より侍女から侍女へと伝わった情報だった。

皇太后に通じる者たちに知られることなく、この情報をしかるべき者に届ける。

そのためにもっとも確実な方法が、渡りの時に皇帝へ直接知らせることだった。

だが、皇帝の渡りには多くの衛士や宦官が付き従う。飛燕宮より派遣される女官たちの中にも皇太后へ通じている者はいる。話を聞かれている可能性を考慮しなければならず、不自然な様子を気取られることも許されない。

そこで黄金妃・星沙は、水晶妃が予知を伝えると見せかけて知らせる方法を考えた。

そのため、他の貴妃は皇帝の訪宮を断り、水晶宮へと皇帝が向かうように仕向けたのだ。

兎閣は読んだ瞬間、すべてに気づいた。

紙を、用意されていた蠟燭の火に翳す。

完全に焼け落ちるのを見届けてから、ゆっくりと立ち上がった。

「特になにも起こらないということだな、安心したぞ」

「もう帰るのか、褥の準備もできておるぞ」

「それは、またにしよう。今は祭事の準備で忙しい」

「お主はいつもそれじゃな。いったい、何度、わしに恥をかかせるつもりじゃ。皇后となるまで抱かぬつもりであれば、そう宣言せい」

「そのように決めたわけではない。だが、それは今ではない」

これまで水晶宮を訪れた際に、幾度となく交わされたような自然な会話だった。皇帝に付き従い、入口で待機している家臣や侍女たちは、なに一つとして違和感を覚えなかっただろう。

皇帝が背を向けようとした時、灰麗は、ふと思い出したように呼び止める。

「待て。どうして、皇后さまに会いにゆかぬ。倒れたことは聞いているのだろう？」

皇帝は肩越しに、皇領の貴妃を振り返る。

感情の読み難い瞳には、わずかな寂寥があった。

「――倒れてすぐに、彼女から文をもらった。会いに来るな、と書いてあったよ」

「……そうか。ならば、よいのじゃ」

灰麗はそれ以上なにも言わず、皇帝が水晶宮を去るのを見送った。

栄花泉に架かる九曲橋を歩みながら、皇帝は、皇后・蓮葉《れんよう》から受け取った手紙の内容を思い出していた。

灰麗に答えたのは、その一部でしかなかった。

手紙の大半は、叱咤《しった》であり檄《げき》であった。今は見舞いなどをしている暇はないはずだ、皇太后の権力を削ぐことに全力を注いで欲しい、その後でなければ琥珀宮は門を開かない。それが、蓮葉らしい気高く凛とした言葉で記されていた。

北狼州へ向かった者たちが貴重な情報を入手し、百花輪の貴妃たちが鳳凰宮に漏れぬように知らせてくれた。

国の一大事ではあるが、皇太后の力を失墜させるまたとない機会でもある。

今この場に、参謀である李鷗がいないことを口惜しく思ったが、そもそも、李鷗を北狼州へ送らなければ、この情報は手に入りはしなかっただろう。

慎重に、そして迅速に事を進めなければならぬ。

兎閣は頭の中でいくつもの策を練る。それから、ふと視線を後宮の奥に向けた。

栄花泉に咲き誇る睡蓮の花の向こうに、皇后の住まう琥珀宮を見ることができた。

……待っていろ。もうすぐ会いにいく。

皇帝は心の中で呟くと、後宮を後にした。

◆◇◆◇◆

華信国の建国記念日は、歴代皇帝から祝福を受けたかのような晴天だった。

街には露店が立ち並び、至る所から祭囃子《まつりばやし》の鳴り物や爆竹の音が響き渡る。祭りの喧噪は、壁を挟んだ後宮の中にまで聞こえていた。

翡翠妃・玉蘭《ぎょくらん》は、鳳凰宮を訪れていた。皇太后の朝礼に、百花輪の貴妃としてたった一人参上してからというもの、玉蘭は皇太后・寿馨《じゅけい》に気に入られ、毎日のように鳳凰宮を訪殿している。

「市井の民が浮かれておるのが、ここまで聞こえるようだの」

皇太后は、広間で昼食を取りながら、嘲笑うかのように声を上げる。

机の上には、十品目を超える料理と四種類の酒杯が並んでいたが、実際に食べるのはほんの少しだけだ。けれど皇太后は、十年前から毎日欠かさずこの量を用意させていた。

「ご機嫌がよろしいようですね」

玉蘭が声をかけると、皇太后は蒸し海老を頬張りながら、優しげな笑みを浮かべた。

「この後宮を統べるのに、もっとも大事なものがなにかわかるか？」

「なんでしょう。見当もつきません」

「愛じゃ」

「これはまた、皇太后さまとは思えぬお言葉ですな」

答えたのは玉蘭ではなく、宦官の長である内侍尉・馬了《ばりょう》だった。

広間にいるのは皇太后・寿馨とその侍女たち、そして、玉蘭と馬了だけだった。

「決して、利用しようと思ってはならぬ。愛するのじゃ。民も官吏どもも郡主どもも、愛が深ければ深いほど、相手は思い通りに動いてくれる」

その声は、慈しみに満ちており、とても数多くの妃嬪や女中を死に追い込み、国を傾かせる企みを考えている人物とは思えない。

「……妾の愛する息子は、もう十年も前に死んだ。だが、妾にはたくさんの子供らがおる。北狼州にも東鳳州にも西鹿州にも皇領にもじゃ」

愛する息子とは、即位後一年もしないあいだに病で死亡した先帝・万飛《まんひ》のことだ。その悲しみは癒えることなく、皇太后の胸の奥で黒い炎となって熱を持ち続けていた。

「私も、愛していただいておりますか？」

「もちろんじゃ、玉蘭。もっと早く、お前に声をかけるのだったと悔いておる」

「ありがとうございます、寿馨さま」

「おぉ、そういえば、先日、夜中に他の貴妃たちと会っておったようじゃな」

優しげだった皇太后の瞳が、泥砂が流れ込んだように濁る。

「ええ。寿馨さまがどれほど素晴らしい方かを諭して聞かせていました。日中だと、目立つうえに皇后さまに悟られるかもしれませんから。けれど、あの三人は寿馨さまのことを恐れていて、私がどれほど諭しても聞き入れてくださいませんでした」

「なるほどの。愛することと憎むことは紙一重じゃ。妾の愛を受け取らぬものは、殺すしかないの」

寿馨は、机に置かれていた四種の酒杯のうち、右から二番目の白酒を口にしてから答える。

「であれば、この間、私が鳳凰宮へ招いた謄元《とうげん》さまのことも愛しておられるのですかな？」

新たに問いかけたのは、馬了だった。

本来であれば、後宮に入ることが許されない官職の者も、内侍尉の手にかかれば痕跡を残さず招き入れることができる。謄元はかつて宰相まで上りつめた男であり、現在も東方総督官に任じられている華信国内で有数の権力を持つ男だった。

謄元の名を聞くと、皇太后の顔が禍々《まがまが》しく歪む。

鱶鰭《ふかひれ》の姿煮を一切れ口に入れながら答えた。

「馬了、なぜそのようなことを聞くのじゃ？」

「この馬了、凰太后《おうたいごう》さまのためにすべてを捧げるつもりでございます。他の宦官たちに嵌められ、拷問の末に殺されそうになったのを、助けていただいた恩義がございますゆえ。そのためには――この鳳凰宮に関わることはすべて知っておきたいのです」

馬丁はそう言いながら、失われた左耳を指差す。

皇太后はどろりとした澱が溜まったような瞳で馬丁を見つめる。

「あの男は、特別じゃ」

普段であれば、決して他人に漏らすような類の話ではない。だが、皇太后は自らの内側に起きている些細な変化に気づくことはなかった。

「あの男は、妾の許婚じゃった。結局は、妾が先々帝に見初《みそ》められ、結ばれることはなかったが――あの男は、ずっと妾を愛しておる。今は中央の官職を退いたが、権力は宮城内に深く根を張っておる。あの男がおる限り、妾は兎閣には負けはせぬ」

「そうでございましたか。膽元さまがお味方なのは心強いですね」

皇太后は右の手の平をさりげなく上に向けると、侍女が手巾を手渡す。

「さて、そろそろやめにするか。今宵は、皇帝より宴に招待されておるのじゃ。宮城の食事など、この鳳凰宮の料理に比ぶべくもないが、まったく口をつけぬわけにはいかぬからの」

寿馨は口を拭きながら告げた。並ぶ料理はほとんど手がつけられていない。

「ところで、この鱶鰭は、なにか味が変わったか？」

「料理長に伝えておきます」

「それには及ばぬ。腕の腱《けん》を切って追放せよ。腕のない料理人は鳳凰宮にはいらぬ」

「畏まりました」

今度は宮城の中から、建国を祝う音楽が響いてきた。各国からの使節団が列を成し、皇帝への謁見を行っているのだろう。

「今のうちに祝っておくがよい。建国の日が、この国の終わりの第一歩になるとは皮肉なものじゃ」

皇太后は、喜劇でも観ているように微笑む。

玉蘭と馬了はそれを耳にしながらも、表情を動かすことはなかった。

◆◇◆◇◆

桃源殿《とうげんでん》では、各国の使節団を招いた宴が開かれていた。

各国とも皇帝への正式な謁見を終え、それぞれに年に一度の外交を繰り広げている。

兎閣はその様子を眺めながら、安堵する。建国の宴に各国の使節団が祝辞を述べに来訪するのは、友好的な国交関係が続いていることの証であった。

訪れる国々はいずれも、大陸の覇権国家である華信と比べれば小国である。だからこそ、こうして懐を開き友好を示す場があることは互いに重要であった。使節団の中には、和平調停を行ったばかりの威那《いな》国や、島国の特徴を利用して多くの国々と親交を持つ騎亜国も名を連ねており、大陸での華信の安寧を確かめることができた。

そのとき、家来の一人が神妙な顔で皇帝に近づいて来る。

兎闍は側に呼んで報告を受けた。

「七番、九番が確認できました。いずれも商談先は万家の者であり怪しいところはございません」

「わかった。あとは四つか?」

「はい。また参ります」

静かに家来は立ち去っていく。

現在、帝都内には、使節団に伴って各国の商家が訪れている。市井では帝都の商家と活発に商談が行われているはずだった。

騎亜国の商家は全部で十二家あった。皇帝は、水晶宮より受け取った情報により、信頼のおける者のみを使って十二家を監視し、商談先が何者かを調べさせていた。番号は、各商家に割り振られた識別のための記号だった。

現在、十二家のうち八家がすでに皇太后の企みには関わり無いと判断され、残りは四家であった。

兎閣の両隣の席は、しばらく前から空席だった。右には皇后・蓮葉が座る予定であったが、体調が戻らず欠席している。左は皇太后が座っていたが、半刻ほど前に席を離れたまま戻っていない。

兎閣は使節団の会話の邪魔にならないように、静かに席を立った。

桃源殿の中庭に出ると、皇太后が宦官と侍女を連れて佇んでいるのが見えた。

桃を中心に植えられた庭園は、夏になると華やかさを失う。篝火に照らされ、茂る桃の葉が夜風にそよいでいた。

皇帝は、皇太后に歩み寄る。

「ここに、いらっしゃったのですか」

「大勢で酒を口にするのは久しぶりゆえ、すこし当てられてしまっての」

皇太后は振り向き、優しげな老女の笑みを浮かべた。

兎閣は、三十年にわたり後宮を支配してきた怪物も、命運を賭けた企みの前には緊張するのか、などと考えたが、表情からは一片の焦りは見て取れない。

「こうして話をするのは久しぶりですね」

「まさか百花輪の貴妃も出ぬ宴に、この妾が呼び出されるとは思いもしなかったぞ」

「今日は、お願いがありお呼びしました」

「ほう。お前から願いごとなど聞いたことがない。珍しいこともあるものじゃ」

「後宮を退いていただけないでしょうか？」

短い沈黙は、たちまち広間から聞こえる喧噪に飲み込まれる。

「それは、聞けぬ相談じゃな。お前には、妾があの場所に執着しているように映るじゃろう。その通りじゃ。執着こそが生きる糧じゃ。お前にはわかるまい。なににも執着せぬ、空っぽのお前にはな」

皇太后の瞳に、庭園を囲む篝火が映り込む。橙色の火が、老女の瞳の中で手招きするかのように揺れている。

「空っぽでございますか」

「あぁ、空っぽじゃ。野心もなければ誇りもない。ただ周りに迎合し、太平などというくだらぬ天秤の傾きだけを気にしておる。ゆえにお主の言葉には覇気がなく、立ち振る舞いには威厳がない。市井の民から称えられなくても平然とし、百花輪の儀さえ己の心で選ぼうとせぬ。皇后を病で倒れさせた相手を前に、そのように笑みを浮かべるなどあり得ぬ。皇帝とは、もっと貪欲であるべきものじゃ」

「私は、それを誇りとしております。華信の太平の前には己など不要でしょう」

「くだらぬ。そのような人物、何年平和が続こうとも、民は決して愛さぬ。己の我儘で、己の夢を叶えるのが皇帝の務めじゃ。どれほどの阿鼻《あび》叫喚《きようかん》が辺りを包もうとも、屍山《しざん》血河《けつが》が己の背後に続こうと、親しき者が流血淋漓《りゆうけつりんり》に塗れようとな」

「我々は、やはり決して交わらぬのでございますね。得心がいきました」

兎閣の側に、家来が一人、陰に潜んでいたように姿を現す。

「すこし、失礼します」

皇帝は告げると、家来に歩み寄った。

「十二番より連絡が参りました。現れたのは張家《ちよう》から派遣された商人の一団でしたが、中に朧元さまの御姿があったとのことです」

「間違いないか？」

「間違いございません。いかがいたしますか？」

「十二番は、確か東舎商会《とうしやしようかい》が持っている酒楼であったな。宮城から馬を出せば半刻とかからずにつくか？」

「十分でございましょう」

「では、待たせておけ。私が自らいく」

家来が去ってから、皇帝は再び皇太后に向き直る。

「なんの相談じゃ？」

「気になりますか」

皇帝は、ずっと浮かべていた笑みを消す。

「ところで、東舎商会という商家をご存じですか？」

皇太后は答えなかった。表情にはわずかな揺らぎもない。

宴に皇太后を招待したのは、監視のためであった。

こちらの罠に気づき、対策を起こそうとすれば、すぐさま気づけるように。

だが、たった今、もうそれは不要となった。今から皇太后がどのような指示を出したとしても、もう間に合わない。

「それでは、所用ができましたので失礼します」

夜風を孕んだ龍袍をはためかせて、背を向ける。

皇太后の暗い瞳が、その背を見つめているのには一切気づかない振りをして、皇帝・兎閣は、建国の宴を後にした。

謄元は、目の前に置かれた漆塗りと螺鈿《らでん》で装飾された箱を眺めながら、皮肉な定めを腹の底で笑っていた。

◆◇◆◇◆

白髪に深い皺が刻まれた額には、かつて宮城中の官吏を震え上がらせた強面は見る影もなかった。だが、常に華信の前途を見通してきた慧眼《けいがん》だけは当時と変わらぬ輝きを放っている。

すでに六十を越え、隠居暮らしをしていてもおかしくない年齢であった。実際に皇帝・兎閣からは何度も隠居を勧められ、それでもしがみ付くように宮城を離れて東方総督官の地位を得た。生粋の官僚である謄元は、官職にあり続けるからこそ、宮城にいる自らの弟子たちへの影響力を維持できることを熟知していた。

葛籠《つづら》の中には、大学士寮が百年を越える年月を重ねて計測し、未だ更新し続けていた華信国の地図の写しがある。これを敵国に渡すことは、売国と同義だった。

三回目の科挙で官吏となり、それから華信の太平のために務め続けた。

先々帝の下で宰相まで上りつめ、百官の長となり、その栄誉と重責に見劣りしない仕事をしてきたつもりだった。

すべては皇帝と華信国、そして、かつての許婚であった寿馨のためだった。この想いは決して一方的なものではなく、宰相に上りつめるまでに、寿馨がどれほど陰で動いてくれたかも謄元は知っていた。

皇帝に尽くすことは、すなわち皇太后に尽くすこと。それが、謄元の原動力でもあった。

その儂が、華信を売り渡すことに加担するとは。

謄元は、胸の内で、飽くことなく浮かび上がる皮肉を噛みしめる。

皇太后に計画を告げられたときは、震えた。

この華信を、牙の大陸を統一した神凱国に攻めさせる。神凱国は軍事に特化した強国だと聞く。万が一、華信国が敗れて属国となった暁には、あらかじめ結んだ盟約通りに寿馨がこの国の統治者となる。侵略を退けたとしても、華信国は大きな痛手を被ることになる。

いずれにしろ、皇帝がもっとも大切にしている太平を崩し、その矜持を深く傷つけることになるのだ。

皇太后の目的は、現皇帝への復讐であった。愛息であった先帝・万飛を兎閣が誅殺《ちゅうさつ》したと信じており、この国の滅びを望むほどに憎んでいるのだ。

恐ろしい計画だった。だが、謄元には、断ることはできなかった。

膽元には、寿馨に対して強い負い目があったからだ。

先帝・万飛は、華信国の歴史において最悪の暴君であった。猜疑心が強く残虐《ざんぎゃく》で、たった一年足らずで宮城内に死体の山を積み上げた。

万飛を廃し、兎閣を北狼州から呼び寄せて新皇帝とする、その企てを行った官吏の中に、膽元も名を連ねていたのだ。

皇太后が信じていることは、おおむね正しい。万飛は、殺された。それを計画したのは膽元を含む国の未来を憂えた官僚たちだが、決断したのは兎閣だった。

「いやいや、これが、例のものですか。これを神凱に届ければよろしいのですね。承知しております、中身は決して開きませぬ」

目の前に座る、若い商人の甲高い声が、膽元には耳ざわりだった。

さっさと持ち去って失せてくれ、そう願いながら頷く。

「長居は無用ですな。では計画通り、私どもが先に出ます。膽元さまは、半刻ほど経ってからここをお発ちください」

「承知している」

騎亜国の商人は薄ら笑いを浮かべたまま、拱手をしてから退出する。

華信国の東方、七門海《しちもんかい》に浮かぶ島国である騎亜国は、海洋国家を自称し、幅広い国と貿易を行っていた。華信の中でも、海上貿易の玄関口として栄える東鳳州はもちろん、北狼州や南虎州とも直接交易を行っている。そして、神凱国とも国交があった。

半年以上前から、北狼州の張家を通して目立たぬようにやり取りが行われてきた。この地図が国外に出れば、もはや神凱国との戦は止められないものになる。

目を瞑り、半刻の時を待つ。

静かな室内には、外で奏でられている祭囃子がよく響いた。

背後に控える従者より「そろそろでございます」と声を掛けられ、ゆっくりと席を立った。

廊下に出て、微かな違和感に気づく。静かだった。部屋にいたときは祭囃子で気にならなかったが、他の部屋から話し声が聞こえない。入口まで案内する店の者の表情もどことなくぎこちない。

店の外に出て、納得する。

酒楼の前に、皇帝が立っていた。右手には抜き身の剣。その周囲には、禁軍の親衛隊が逃げ場なく囲んでいる。

「久しいな、膽元」

兎閣が、声をかける。

相変わらず朴訥《ぼくとつ》とした雰囲気があり、王者の覇気を感じない。

「……兎閣さま」

膽元は掠れた声で、かつて仕えた主の名を呼んだ。

背後では従者が狼狽えているが、もはや気にもならない。

「先に出た騎亜国の商人は捕らえた。地図も回収させてもらった。大人しく縄につけ」

「……幼き頃、よく剣の稽古をしましたな。どれほどお強くなられたか試させてもらってもよろしいか？」

膽元はそう言いながら、腰に下げていた剣を抜く。

生粋の官僚だったが、名家の子息として武術を疎かにすることもなかった。かつてその腕前は禁軍の精鋭に引けを取らず、幼い兎閤にも幾度となく稽古をつけたものだった。

皇帝の背後に控える兵士が、主を守るように前に出ようとするが、皇帝はそれを手で制する。

「好きにしろ。俺を殺してもお前の命運は変わらぬ」

「では、参ります」

膽元は剣を構えると、皇帝が剣を持ち上げるのも待たずに間合いを詰める。

心臓を一突きに狙った、鋭い突きだった。

だが、その切っ先が玉体に届く前に、白刃が弾き上げる。

兎閤の剣に防がれ、膽元の剣は頭上に跳ね上がった。次の瞬間には、喉元に、皇帝の切っ先が突き付けられていた。

「お強くなられましたな」

謄元は片膝を突きながら告げる。

「違う。お前が弱くなったのだ、謄元。俺の言う通り、さっさと隠居しておくべきだった」

「おっしゃる通りで、ございますな」

遠くから、祭囃子と市井の賑わいが聞こえてくる。

人払いをされたのは、この酒楼の前の通りだけであり、別の通路では変わらぬ祝祭が続けられていた。

場違いに響く喧噪に、謄元は噛みしめるように呟いた。

「儂は、建国の祭りが大嫌いだ」

「それほど、華信を憎んでいたか」

「馬鹿を言われるな。この国は儂のすべてでしたぞ。華信国を憎むなどありえませぬな」

兎閣は、切っ先を謄元の喉元から離し、鞘《さや》に収める。

その間も、謄元からは、懺悔《ざんげ》にも似た独白が聞こえていた。

「儂がまだ官吏になったばかりの頃です。寿馨を、宮城で開かれた建国の宴に連れて行った。気が進まなかったが、あいつが、どうしても見たいと……そう言うので。そして、貴方の御父上、先々帝の目に留まったのです。そうして百花輪の儀の貴妃に選ばれ、儀式の中で、あの女は変わった。建国の宴に連れて行かなければ、このようなことにはならなかったのに」

膽元は、宮城中の官吏を震え上がらせた慧眼を暗く沈めて、遠い過去に思いを馳せる。決して変わらぬ過去。至ることのなかった未来。これまでの人生で幾度想像したかしれないそれらすべてを愛し、憎んでいるかのようだった。

「同情はせぬ。地図の流出の罪がわかっているな？」

「一族郎党の男子を皆殺しでしたか。致し方ないですな」

衛士たちが、かつて百官の長であった男を捕らえる。

「儂を止めてくれて感謝いたします。これで儂は、華信国の平和に罅《ひび》を入れることなく、あの女のために死ぬことができる」

うな垂れたまま縄に捕らえられる膽元に対し、皇帝はもはや興味を失ったかのように背を向ける。

そして、幼き日に出会った逞しい姿を、せめて最後にと瞼に浮かべて告げた。

「お前の行いは決して許さぬが、これまでの華信国への貢献には感謝する」

膽元は、深く頭を下げる。

だが、皇帝がその姿を振り返ることは二度となかった。

◆◇◆◇◆

建国の祝日の翌朝、玉蘭は皇太后に呼び出され鳳凰宮に向かった。

まだ早朝と呼べる時間帯だが、すでに日は天上に輝き大地を焼いている。日差しは強く、今日も暑い一日になることを予感させた。

侍女を連れて訪殿し、最初に気づいた違和感は鳳凰宮の侍女たちの様子だった。

いつもは感情を表に出さず、皇太后の望みを叶えるための繰り人形のようだった侍女たちが、恐れの感情をありありと浮かべている。

玉蘭はすでに、鳳凰宮の侍女たちの名前を覚え、全員から信頼を得ていた。

通りかかった侍女に、なにがあったのかと声をかける。

「それが……昨夜、皇太后さまが建国の宴から帰って来てから、様子がおかしいのです。とてもご機嫌が悪くて。すでに、侍女が二人、女官が一人、戻ってきません」

戻ってこない、とは鳳凰宮の侍女たちがよく使う言い方だった。殺されてはいないが、再起不能の怪我を負い追放されたことを意味している。腕や足の腱を切られたり、断指させられたり百杖叩きを受けたりとその内容は様々だ。

「わかりました、私がなんとかお諫めいたしましょう」

玉蘭が言うと、侍女は縋るような視線で拱手した。

皇太后が待つ部屋へと向かうと、侍女の悲鳴が聞こえてくる。

「お考え直しくださいい、皇太后さまっ。私はなにもっ、いや、いやですっ」

宦官たちに引きずられるようにして、長年仕えていたはずの侍女が連れ出されていくところだった。その狂乱ぶりに、玉蘭の背後に控える翡翠宮の侍女たちは、不安そうに主を見る。

けれど、玉蘭は表情一つ変えず、皇太后の居室に足を踏み入れる。

部屋は、たった一晩で信じられないほどに荒れていた。割れた陶器の破片が散らばり、ひっくり返された菓子や酒が床に撒かれている。用意をさせては、難癖をつけて捨てるのを繰り返していたようだった。いつもの鳳凰宮では、汚れはすぐに侍女たちが片付けるのだが、今日は怯えて近づくこともできないようだ。

部屋にいるのは、皇太后と、その背後に陰のように控える馬丁のみだった。

「皇太后さま、いかがなされましたか？」

玉蘭が近づくと、皇太后は血走った目で見上げてくる。

「あの侍女が、妾に毒の入った菓子を食べさせようとしたのじゃ。いつもと色が違った菓子を持ってきよった」

「皇太后さまが、料理人を変えられたからではございませんか？」

「いや、あれは毒じゃ。毒の色じゃっ」

猜疑心によって、何もかもを信じられなくなっているようだった。

普段であれば、部屋に入った者はまず奥の椅子に座る皇太后の前で跪くのが作法だ。

だが、玉蘭はそのまま皇太后に近づくと、優しく抱きしめた。

「落ち着いてくださいませ」

皇太后は、ひっ、と小さく声を上げるが、怯える野良犬が怖い人間とそうでない人間を嗅ぎ分けるかのように、その胸に顔をうずめる。

老女が落ち着くのを待ってから、玉蘭はそっと体を離す。

「なにかありましたか？　ゆっくりお話しください。この玉蘭は、皇太后さまの味方でございます」

玉蘭は距離を取って、改めて拱手をする。

皇太后は、たった一夜にして年老いたかのようだった。年齢にはそぐわない底知れない活力は、些細なひび割れから漏れ出ていってしまったように失われている。

かつては上品で優しい老女と、得体の知れない怪物が同居していた。だが今は、弱り衰え、自らの老いに気づいて怯えているだけのようだった。

「朕元が、捕まった」

皇太后は、ひび割れた唇を震わせて呟いた。

「私も聞き及んでいます。けれど、謄元さまの口からは、皇太后さまのお名前は出ておりません」

「それは、そうじゃ。あの男は、決して妾の名前など出すものか。妾へ通じる証の一つすら残しておらぬ。それほどの、傑物じゃった」

禍々しい野心に満ちていた瞳には、遠い過去のみが映っていた。

「あの男だけは、特別じゃった。あの男がいるから、妾は、子供たちを何人失っても、古き友が何人潰されても平気じゃった。力を失えば、誰が妾を殺しに来るかわからん」

皇太后は、得体の知れない獣の鼻息に囲まれているかのように震えていた。

「子供たちは皆死んだ、東におった友も、西におった兄弟も、皇帝に捕まった。たった一夜にしてじゃ。いったい誰が、妾を守ってくれるのじゃ」

部屋のあちこちには、散らばった陶磁器や料理に交じって、丸められた文が散らばっていた。おそらくそれらは、各地より届いた悪い報せだったのだろう。

これまで後宮で数えきれないほど残忍酷薄な仕打ちを行ってきた。この宮城で、人がどれほど残虐になれるかを誰よりも知っている。それだけに、ひとたびその残虐さが自分に向けられるとなると恐ろしくて仕方ないようだった。

「私が、おります。寿馨さま。私が守って差し上げます」

「おぉ。玉蘭。お前だけじゃ。もうお前だけじゃ」

玉蘭は天女と称される笑みを浮かべながら、伸ばされた皺だらけの手を取る。

それだけで、老女の恐怖は、ほんのひと掬いほどだが和らいだようだった。

「……どこで間違えたのじゃ。妾の計画は、上手くいっておったはずじゃ。そもそも、どうしてあの小僧は、急にこれほどの力を得て妾を追い詰め始めたのじゃ」

玉蘭は、両手で優しく老女の手を包みながら答えた。

「それを──ご存じなかったのですか？」

琴の音のような美しい声で、玉蘭が告げる。

「皇帝陛下が鳳凰宮の力を早急に削ぐことができたのは、火種を抱えていた皇家と南虎州が和解したからです。そのきっかけとなったのが、紅花《ホンファ》さまを先帝陵へ葬ったこと。つまりは、寿馨さまが刑門部を密かに動かし、紅花さまに向けられていた罪を無きものとしたからでしょう。自らの手で、自らの首を絞めたのですよ──こうなることが、予想できていなかったのですか？」

「……刑門部への口利きは、元をただせば、お前が願ったことじゃろう」

「いいえ、私ではありません。言い出したのは、芙蓉妃です」

皇太后の瞳が、弱々しく揺れる。見下していたものに刺し貫かれたような怯えと悔しさが浮かんでいた。

「芙蓉妃……じゃと。妾がここまで苦しんでおるのは、あの、愚かな小娘のせいだというのか」

皇太后は苦しそうに胸を押さえた。息が上手く吸えていないようで、喘《あえ》ぐような呼吸に変わる。

それまで、皇太后がどれだけ喚いても影のように控えていた馬了が、そっと近づいて水を差し出す。寿馨はひったくるように取ると、震える手で一息に流し込んだ。

「いつものあなたなら、あのような過ちは犯さなかったでしょうな」

なんとか呼吸を取り戻した皇太后に、馬了の、ひたりと小刃の腹を当てるような冷たい気配が届く。

「どういうことじゃ、馬了」

「無理もないことですな。皇太后さまは少しずつ、頭の血の巡りを悪くし、思考を鈍らせる薬を飲んでおられたのですから」

「この、妾が、毒を盛られておったというのか。妾の食べ物は何人もの侍女が——」

「ええ。あなたはとても慎重でしたので、特別な薬を使いました。羊眠薬、ご存じでしょう？　宗伯を呆けさせて傀儡とするために、張家の当主代理に送っていた薬です——しばらく前から、あなたの食事にも、同じものが入っていました」

「お前も……お前も、妾を裏切っておったのか」

「最近、料理の味がおかしいと言われた時には肝を冷やしました。特に、昨日の鱶鰭は、お気づきになられたのかと驚きましたな」

馬了は皇太后が手に持っている杯に目を向ける。

たった今、馬了に手渡された杯は、鳳凰宮の侍女たちの毒見がまったく行われていない、普段の皇太后であれば決して口にしないものだった。

寿馨は、杯を投げ捨てる。壁に当たり砕けるが、その中には一滴も残っていなかった。

「今、口にされた水には、その薬が常より多めに含まれております」

「馬了、きさまっ」

皇太后は立ち上がろうとし、立ち眩みを覚えたのか膝を突いた。

椅子のひじ掛けに体重を預けるようにして、宦官の長を睨む。

だが、その視線にかつてのおぞましいまでの迫力はない。目は虚ろで、口の端には唾液が垂れている。

「なんてことを。あなたは、皇太后さまの忠臣ではなかったのですか？」

玉蘭が、内侍尉の行いを断罪するかのように、凜とした声で告げる。

馬了は恭しい笑みを浮かべながら、美しい貴妃に視線を向けた。

「私は皇太后さまに救われた恩義があります。ですが、同時に内侍部の長でもございます。国を滅ぼすための計画に加担するわけにはいきません」

「ふざけるなっ。私利私欲に塗れた男が今さらなにを言うのじゃっ。お前は、今まで妾のおかげで、どれほど利を得てきたっ。勝ち馬に乗ることしか能の無い男がっ」

「皇太后さまには感謝しております。ですので——これが、私なりに考えた、あなたへの恩返しにございます。あなたは衰えた。このままでは、あなたがこれまで後宮に撒いてきた怨嗟《えんさ》により呪い殺される。それを防ぐには、若く強い皇妃に守っていただかねば。あとは、玉蘭さまにすべてお任せください」

「……ば、馬了。きさま」

宦官の長は、もはや皇太后に視線を向けていなかった。

玉蘭に歩み寄ると、その目の前で片膝を突き、頭上に腕を掲げるようにして深い拱手を行う。

「玉蘭さま、これから私は、あなたが百花皇妃になるために、あらゆる力を尽くしましょう。宦官も白面連《はくめんれん》もすべてあなたの駒にございます」

玉蘭は玉座から見下ろすような威圧感を纏って、内侍尉を見つめる。貴妃の背後では、つい先ほどまで怯えた表情を浮かべていた侍女たちが、自らの主を称えるように微笑んでいた。

「そう……それが、あなたの望みなのね、馬了」

玉蘭は、椅子のひじ掛けにしがみ付くようにしている皇太后に歩み寄った。

それから、怯えるような目をした老女に、優しい声音で語り掛ける。

「寿馨さま。安心してください、私がお守りします。私の言う通りにしていただければ、誰も寿馨さまを傷つけることはありません」

それはかつて、皇太后が傷ついた者に近寄り、心の中に入り込み、傀儡に仕立て上げてきた姿と重なった。

薬が回り、頭を毒された皇太后は、救いを求めるように手を伸ばす。

「……玉蘭。お前だけじゃ。玉蘭」

翡翠妃は、か弱い生き物を守るかのように、差し出された手をそっと自らの両手で包む。

「怖いお方だ、すべてあなたの思い描いた通りでしょう？　あなたは、自らの手を汚すことなく、この鳳凰宮を手に入れられた。このようなこと、他の貴妃にはできますまい。あなたこそが、次の後宮の支配者に相応しい」

馬了が、新しい主を心の底から讃えるように口にする。

「口を慎みなさい。私がこれから行うすべては、皇太后さまのためと心得なさい」

内侍尉は笑みを消し、再度、深く拱手をする。

だが、馬了が口にしたことは、偽りではなかった。

黄金妃に、皇太后は恐ろしい怪物であり、利用などできるわけがない、と言われたことがあった。

だが、手に負えない怪物であれば、羽根を斬り落とし、爪を剝《は》ぎ、鱗《うろこ》を剝がし、手に負えるまで弱らせればよい。

そのための百花輪の貴妃の同盟であったのだ。

後ろ盾を失った鳳凰宮の力は、全盛期とは比ぶべくもない。

だが、それでも、これから玉蘭が百花輪の儀を競う中で、強力な武器だった。

老女の背に手を回しながら、玉蘭は天女のように優しく微笑んだ。

◆◇◆◇◆

庭園の芙蓉がようやく薄紅色の花を並べたのは、銀器祭の二日後だった。

前日に琥珀宮の侍女がやってきて、朝礼の再開を告げた。

いつもであれば、他の貴妃と顔を合わせ比べられることに憂鬱《ゆううつ》さを覚えていた來梨《らいり》だったが、今回ばかりは満面の笑みで「もちろん、いきます」と答えた。

朝礼の再開は、皇后が元気を取り戻した証だった。

昨夜遅く、皇帝・兎閣から琥珀宮への夜の渡りがあったのも一因かもしれない。皇帝と皇后のあいだには、他の誰にも立ち入ることのできない絆《きずな》がある。それは思慕《しぼ》というより同志への尊敬に近いものであると、來梨は感じ取っていた。

朝礼の日の朝、來梨は喜び勇んで、いつもより半刻ほど早く芙蓉宮を出た。背後には小夏と寧々《ねいねい》が従う。

琥珀宮に向かうと、すでに二人の貴妃が到着していた。

「いったいなんのつもりかしら？　鳳凰宮を選んでおいて、よく顔が出せたわね」

黄金妃が幼さの残る笑みを浮かべながら、鋭い声を発していた。

「前回はたまたま朝礼が重なったので、あちらを選んだだけです。皇后さまへの尊敬の念を失ったわけではありません」

諍いの理由は、前の朝礼では、鳳凰宮を訪れていた玉蘭がいたことだった。貴妃の背後では、派閥に入っている妃嬪が並び睨み合っている。

「おや、朝礼というものに初めて出てみれば、ずいぶん雰囲気の悪いところじゃの」

そこに、これまでの琥珀宮の朝礼では聞くことのなかった声が響く。

入口で立ち尽くしていた來梨の横をすり抜け、灰麗が入ってくる。

「灰麗さままで。面白いことが重なるものですわね。これまで、体調が悪いと言って、一度として参殿しなかったというのに」

「今日は出よと、溥天が申した」

「あなたが皇后になれば、後宮の差配も溥天が決めてくださるのかしら」

「さかしいことを申すな。お主らと諍い合うつもりはない。ほれ、もうしまいじゃ」

灰麗が告げると、一拍の間を置いて、奥の扉より皇后・蓮葉が姿を見せた。

來梨が皇后の姿を見るのは、納涼の宴で倒れて以来のことだった。

毅然《きぜん》とした雰囲気に厳格な表情は、來梨が知る皇后・蓮葉だった。最後に会ったときの疲弊し磨り減ったような様子は、微塵《みじん》もない。

「皇后さま、本日もごきげん麗しく、お慶び申し上げます」

貴妃たちが、いつもの朝礼の挨拶を口にする。

「ありがとう。楽にしてちょうだい」

皇后の言葉に、貴妃たちは席につく。

「皇后さま、もうお加減はよろしいのですか？」

「ええ、最高よ」

蓮葉は、黄金妃の言葉に答えると、屈託なく笑う。

それは、これまでの皇后にはなかった表情だった。

皇后の傍に控えていた侍女が、建国の祝賀の裏で起きた事件について説明する。

元宰相の謄元が、大学士寮に保管されていた華信国の地図を持ちだし、騎亜国の商人を通じて国外へ流出させようとした。陰謀は未然に防がれ、謄元は捕縛された。その後の調査により、大学士寮から地図を持ちだすのに関わった学士や官吏が次々と明るみになり、地図を騎亜国に渡す手伝いをした北狼州張家の当主代理・呂順《りよじゆん》を始めとする郡主や貴族たちも処罰が決まった。

全員が皇太后を支えてきた有力者で、皇太后は、宮城の外への影響力の大半を失うこととなった。

だが、事件に皇太后が直接関与していた証拠は一つも見つからず、膳元を始めとする捕らえられた者たちも一人として口を割らなかった。

皇太后は依然として鳳凰宮に座したままだが、最早、かつての力は残っていない。

「あなたたちは、非常によい働きをしてくれた。あの女を追い詰めるだなんて、傑作だわ。まだ鳳凰宮が潰れたわけじゃない、でも、ここは後宮よ。力を失った女が平然と生きていけるわけがない。もう、あの女は終わりよ」

蓮葉が、これまで抑えていた感情を破裂させたように告げる。

「皇后さま、お言葉が過ぎます」

見かねた侍女長が小声で諫めようとするのを、蓮葉は右手を翳して止める。

「言い過ぎることなんてないわ、足りないくらいよ。これを笑わないでどうするの。私は、この日をどれだけ待っていたか」

それから、蓮葉は四人の貴妃を見つめて、晴れ晴れとした声で宣言した。

「私は、今日で後宮を出るわ。陛下からのお許しも、すでにいただいている。皇領南部の江陽《こうよう》の地に、陛下が用意してくださった舎殿で、鳥を愛でながら暮らすわ」

琥珀宮に、小波のように驚きの声が広がる。

四貴妃は微動だにしなかったが、背後に控える妃嬪たちは、驚きを確かめ合うように互いに視線を交差させた。

「あなたたちのうち、誰が百花皇妃に選ばれたとしても、それを認めるわ——この国の未来のために、励みなさい」

來梨は、皇后の宣言を、震えるような思いで聞いた。

初めて会った時は、蓮葉のことが怖くてしかたがなかった。やがて後宮で過ごすにつれ、その偉大さが、そして弱さが見えてきた。恐怖は憧れに変わり、それは日が経つにつれて強くなった。

後宮を出た蓮葉とは、もう会うことはないだろう。

もっとお話がしたかった、もっと教えていただきたいことがあったのに——來梨は、湧き上がる言葉をぐっと抑える。

四貴妃は拱手し、あらかじめ段取りをしていたかのように声を合わせて告げた。

「皇后さま、今までおつかれさまでした」

全員の声と仕草には、十年の間、華信の後宮を支えてきた皇妃への、紛れもない尊敬の念が込められていた。

朝礼が終わると、百花輪の貴妃たちは侍女と妃嬪たちを引き連れ、無言で琥珀宮を後にした。そして、示し合わせたように、琥珀宮の門前の広場で足を止める。

「さて、これで百花輪の貴妃の同盟は終わり、ということでいいわね」

黄金妃が切り出す。

「はい。これからはまた敵同士です」

翡翠妃が答える。

「百花輪の同盟を利用して、鳳凰宮に近づいた者がいるのは気に入らないけれど」

「結果として、そのようになっただけです」

「まぁ、いいわ。力を失った鳳凰宮に縋ったところでなにもできはしない。これで最早、誰も黄金宮には勝てないわ。水晶妃、あなたが本気で動く気があるのであれば別だけれど」

星沙に名を呼ばれた灰麗は、興味がなさそうに視線を虚空へと向ける。

「お主らの言葉遊びには付き合わぬ。同盟が終わったのは承知した」

灰麗はそれだけ告げると、侍女を連れて広場から離れていった。

残された貴妃たちもそれぞれ自宮に向けて背を向けようとした時だった。

まるで空気を読んでいない、來梨のはしゃぐような声が響いた。

「ああ、そういえば」

來梨は、背後につき従う寧々に向けて尋ねる。

「皇太后さまが失墜したということは、これであなたは、心おきなく芙蓉宮の派閥に入ってくれるということでいいのかしら？」

星沙と玉蘭は、足を止めて振り向く。

來梨の背後では、侍女の小夏が、わざわざこの場所で言うことではないでしょう、と顔を顰めていた。

「……ご存じだったのですね。私が黄金宮に、あなたの情報を流していたこと」

寧々は、短い沈黙の後、開き直ったように答える。

「気づいたのはついこのあいだよ。星沙さまはあらゆるところから情報を入手されているけれど、お父さまが病気になったという、私が用意した表向きの理由まで知っているのはおかしいもの」

「なぜで、ございましょう？」

「外出許可をもらう時、内侍部にはお母さまが病気になったと言ったの。あなたにだけお父さまと伝えたのよ」

「……明羽、ですね」

「いくらなんでも、この状況で芙蓉宮の派閥に入るのは怪しい、とあの子が言うから。

でも、このあいだの納涼の宴でわかったわ。皇太后さまに仕返しがしたかったのでしょう。そのために、星沙さまのお力を借りたかった。皇太后さまは懲らしめられたのだから、もういいでしょう？　正式に、芙蓉宮の派閥に入ってちょうだい」

「……ずっと騙していたのに、まだ派閥に誘おうとされるのですか？」

「ええ。だって、あなたがいないと、つまらないもの」

二人のやり取りを聞いていた星沙が、声を挟む。

「寧々、今までごくろうさま。これまで、色々と話してくれて助かったわ。これからは、この黄金宮に仕えなさい」

そこには、欠片も悪びれる様子はなかった。寧々を使って芙蓉宮の情報を得ていたのは、当然の事と言わんばかりだった。

「……黄金妃さま、お気遣いありがとうございます」

短い沈黙の後、寧々は黄金妃を振り向き、深い拱手をする。

「ですが、私は來梨さまの派閥に残ります。來梨さまが百花皇妃になれるよう、お支えしたいと思います」

第十三妃の声は、震えていた。自らの決断に怯えているかのようだった。

「百花輪の貴妃の同盟が成ったのは、來梨さまの提案だったと聞きました。皇太后さまへの復讐を果たしてくださったのは、來梨さまに他なりません」

「自分が、なにを言っているのかわかっているのかしら。商家の娘が、黄金宮に逆らうのがどういう意味か、知らないわけではないでしょう？」

万家は、華信最大の商家であり、多くの物流を牛耳っている。万家に逆らうことは、市場より弾き出されるのに等しい。原料を仕入れることも、できあがった物を捌くことも難しくなる。万家に目を付けられたら、他の商人たちも巻き添えを恐れて離れていく。決して触れてはならない逆鱗《げきりん》だった。

「芙蓉宮に残るのであれば、万家はあなたの店とのすべての商いを止めるわ。他の商家にも同じように働きかける。來梨さまには、あなたを守る力はないわ」

星沙の背後にいる妃嬪たちの表情に、緊張が走る。商家から後宮に入った妃嬪は少なくない。寧々に突き付けられた脅しは、彼女たちにとっても他人事ではなかった。

それから星沙は、すべてを見通すような視線を來梨に向ける。

「寧々から聞いたわ。侍女たちに帝都を見にいかせたそうね。わかったでしょう。あなたには、なにもできない――民の人気も、妃嬪の信頼も、後ろ盾のない貴妃には買えないわ。寧々を見殺しにしたくなければ、手放すことね」

來梨は、口惜しさに拳を握り締める。

かつて、黄金宮に生家の父親を人質にとられ、調査を強要されたことがあった。黄金は千の剣に勝り、万の兵を凌ぐ。

それが、東鳳州の州訓だった。そして、それはある側面では真実なのだ。

「そんなことは、ありません」


広場の外から、力強い声が響く。

全員が振り向く。そこには、芙蓉宮のもう一人の侍女が立っていた。

明羽は、昨日の夜中、外出許可の十日ぎりぎりに、疲弊した体を引きずるようにして芙蓉宮に戻ってきた。門を潜ると安心したのか倒れるように眠り、朝になっても昏々《こんこん》と眠り続けていた。

よく眠ったおかげか、相変わらず不機嫌そうではあるが、瞳は活力を取り戻している。

「こちらを、どうぞ」

明羽は主に歩み寄ると、懐から取り出した二通の文を來梨に手渡す。

一通は、次期張家の当主となる栄貝《えいがい》のもの。もう一通は、墨《ぼく》家が治める雪凌郡の郡相である丞銀《じょうぎん》のものだった。

「……明羽、これは、本当なの？」

「はい。間違いございません。張家と墨家には共に、芙蓉宮の後ろ盾となることをお約束いただきました。つまり、北狼州のすべてが、來梨さまをお支え致します」

周りの貴妃や妃嬪にも聞こえるように明羽は宣言する。

「……なんですって」

呟いたのは、その価値をもっとも理解している星沙だった。

北狼州には、万家と肩を並べるような財力を持った貴族はいない。だが、州全体の富を集めれば、東鳳州に勝ることもあり得ると言われている。北狼州の領土は広大であり、本当の価値を推し量ることなど誰にもできない。

「寧々、改めて誘うわ。私の派閥に入りなさい。たとえ万家が取引をやめても、北狼州が全力をもって、あなたの生家を守ります」

寧々は強く背中を押されたように、來梨の下に膝を突いた。

「どうやら、貴妃の同盟を一番利用したのは、あなただったようですわね。意図していたことではなかったのでしょうが、やってくれたわね」

星沙は忌々しそうに告げると、背を向けて立ち去っていく。

けれどその表情は、気にも留めていなかった花が思わぬ大輪を開き立ち塞がったのを、楽しんでいるようだった。

「私も、もうあなたに優しくすることはできそうにありませんね」

玉蘭も美しい笑みで告げると、同じく妃嬪たちを引き連れて広場から離れた。

來梨が北狼州という巨大な後ろ盾を手に入れたことは、瞬く間に後宮中に伝わった。

その日、芙蓉宮の庭園には、ようやく遅咲きの芙蓉の花が開いた。
庭園を埋め尽くす薄紅色の花は、その名を冠した宮の繁栄を祝うかのようだった。

終幕

北狼州から戻って来て三日、明羽《めいう》は後宮の日常を噛みしめていた。

まだ後宮にきてから半年と経っていないし、殺伐とした日々であったが、それでも家に帰ってきたような安心感があった。

芙蓉宮の庭園には、侍女たちが手ずから植えた芙蓉が満開に咲き誇り、その前では、來梨《らいり》が紅花《ホンファ》から譲り受けた弓の稽古をしている。

真剣な眼差しで、來梨が矢を放つ。

矢は斜め下に飛んで、大地に突き刺さった。

まだまだ的に当てるにはほど遠いが、少なくとも前に飛ぶようにはなった。主の上達を感じながら、明羽は次の矢を手に取って近づく。

舎殿の方から、足音が響いてきた。軽く弾むような走り方は、小夏《シャオシイ》だ。

「どうしたの、慌てて」

顔を向けると、小夏は急いで庭に降り、來梨の前まで走ってくる。

「皇帝陛下が、お越しですっ」

言い終えると同時、男が一人、芙蓉宮の陰に姿を現した。背後には宦官と衛士が続いているが、その人数はいつもより少ない。

紫の龍袍に身を包んだ、華信国の皇帝・兎閣《とかく》だった。ふらりと野辺を散歩しているような足取りで近づいて来る。

來梨と二人の侍女は、慌てて片膝をついて拱手をした。

「精が出るな、芙蓉」

抑揚のない声が掛けられる。

「今日は、訪殿のご予定ではなかったはずでは？」

「急に、君の顔が見たくなった。あまり時間はないのだが、許せ」

「いえ、こうしてひと時のあいだ会えただけでも、嬉しいです。明羽、小夏、お部屋を用意して」

侍女たちが急いで立ち上がろうとするのを、皇帝が手で制す。

「いや、ここでいい。弓を引いて見せてくれ」

「まだ陛下に、お見せできるようなものではございません」

「構わぬ。俺が、教えよう」

その言葉に、來梨の顔が、箱一杯の菓子を貰った童のように明るくなる。

來梨が構えると、その背後に兎閣が歩み寄る。

「体が曲がっている。腰は真っすぐ、胸は少し張るように」

兎閣が、腰と背中に優しく手を当てる。來梨の顔にはたちまち朱色が差した。

「弓を引く手は、少し捻り込み、手の甲が天を向くように……そう、そうだ」

兎閣の手が、そっと矢を持つ右手に添えられる。

「真っすぐ、弓矢と的が重なるように見る。息をゆっくり吸い、止めろ——今だ、放て」

來梨が矢を放つ。

勢いよく飛び出した矢は真っすぐに飛び、そして、的に当たる前に失速して、地面に落ちた。

だが、それは來梨がこれまで放ってきた矢の中で、もっとも真っすぐ遠くまで飛んだ一射だった。

「やった、やりました」

來梨は喜ぶが、おそらく的に届くことを期待していただろう兎閣は、物足りなさそうな笑みを浮かべる。

「よい弓だな、とても美しい」

「はい。紅花さまから、いただいたものです」

「そうか。それは、さぞや名のある弓だったのだろうな」

二人は歩きながら、庭園の傍に置かれた椅子へと歩み寄る。

ちょうど舎殿の陰になっており、日差しを避けながら庭一面に咲く芙蓉を眺めることができた。

「……美しく咲いたな。北狼州にいたころを思い出す」

「はい。あの時より、芙蓉は私がいちばん好きな花です」

「よく、似合っている」

兎閣に見つめられ、來梨は照れくさそうに顔を逸らした。

「貧民街に、学び舎を建てるそうだな」

皇帝の声が、やや硬さを帯びる。遠い邯尾の夏から、急に帝都へと戻ってきたようだった。來梨はぴんと背筋を伸ばして皇帝に向き直る。

「はい。その後で、食事ができるところや、治療ができるところを造る予定です」

「普通は、施しが先ではないのか」

「彼らは今まで、帝都でしっかり生きてまいりました。施しを真っ先に行うのは、侮辱です。ただし、貧民街には大人、子供問わず読み書きができず、本から知識を得ることができない者も多くいるといいます。成り上がるには知識がいるでしょう。まずは、それがもっとも必要なものかと」

北狼州の後ろ盾を得てから、來梨が真っ先に決めたのは、帝都の貧民街に学び舎を建てることだった。子供に限らず誰でも学ぶことができ、勉学以外にもたくさんの本が読める。陶工や土木などの技術も学べるようにする計画だった。

場所が決まっただけで建築も始まっていないが、市井では大変な噂になっているという。まだ、寧々が案じていたような、商家や貴族たちの反発はない。市井の民が、この行為をどのように判断するかは、時間が経ってみなければわからない。ただ確かなのは、今まで人々の話題に上ることがあまりなかった芙蓉妃が、帝都での話題の中心になっているということだ。

「だが——彼らは、律令を破って帝都で暮らしている者たちだ」

「皆、華信の民にございます」

皇帝は、官僚たちに問うような、感情の見えない視線を向ける。

「貴妃が律令に背いていることをわかっていながら手を差し伸べることは、律令を破ることを認めているように見られるとは考えないか？」

「そのようなこと、言わせておけばよいのです。彼らは故郷を追われ、苦しみもがきながら、夢を見て帝都に来たのです。ならば、夢を見せるのがこの華信の中央たる帝都の役目だと思います」

明羽は主の言葉に、他の貴妃との違いを改めて感じた。浅慮で世間知らずがゆえの理想かもしれないが、その素直さはなぜか胸をざわつかせる。

「それに、困っている民を助けることができないのなら、間違っているのは律令の方でございます。越境禁令などがあるから、貧富の差ができるのです」

來梨がそう言った途端、皇帝は急に笑い出した。

声を上げるわけでも、表情を大きく崩すわけでもない。子犬と戯《たわむ》れるような笑い方だった。

「まさか、芙蓉から律令について意見されるとはな」

兎閣は腕組みし、庭の芙蓉を見つめながら続ける。

「だが、その考えは俺も同じだ。そう簡単に変えられるものではないがな」

「試したのですか、お人が悪い」

皇帝はゆっくりと立ち上がり、庭園を改めて見渡しながら告げた。

「君が北狼州の後ろ盾を、これから先どのように使うのか――楽しみにしているぞ」

來梨も立ち上がり、その隣に並び立ちながら答えた。

「はい。これからも私を、見ていてくださいませ」

風が吹き、芙蓉宮の庭園に並ぶ花が揺れる。

過去と現在を繋ぐ薄紅色の花たちは、夏の日差しを浴びて華麗《かれい》に咲き誇っていた。

◆◇◆◇◆

芙蓉宮から、栄花泉を挟んだ反対側に、皇領の貴妃・灰麗《はいれい》が住まう水晶宮はあった。

水晶宮には濃い香が立ち込め、貴妃と二人の侍女が静かに過ごしている。

他の宮と違い、門は閉ざされ、出入りが許されるのはごく限られた者のみ。笑い声や奏楽が聞こえることも、百花輪のための議論が巻き起こることもない。灰麗は日々、ぼんやりと虚空を眺め、溥天《ふてん》に祈り、花を愛で、鳥を眺め、書物や各国の溥天廟への協力者からの手紙を読んで過ごしていた。ふと思い出したように返事をしたためることがあったが、それも他宮の貴妃にくらべればわずかな数だ。

時折、各州の貴族や商人から吉凶占いの依頼が舞い込むこともあった。その度に、能力を使って見えた未来を書いて返すが、どれほどの者が、その結果を信じているかはわからない。

「そうか。あの男は今、芙蓉宮におるのか」

それまで、ぼんやりと空を見るともなく眺めていた灰麗が、呟く。

近くの机で、溥天廟の信者や支援者から届いた手紙や寄付金を整理していた二人の侍女、花影《かえい》と宝影《ほうえい》は、手を止めて主に向き直った。

「あの男、とは皇帝陛下のことでしょうか？」

「訪宮を告げる銅鑼は聞こえませんでしたが？」

二人の侍女は、揃えたように同じ口調で問いかける。

雰囲気もよく似た侍女だった。色が白く、整った目鼻立ちをしており、長い髪を左右に分けるように下ろしている。よくよく見ればまったく違う顔だが、同じ化粧に髪型、長らく溥天廟で暮らしてきたことで培われた雰囲気が見分けをつきにくくしていた。誰もがひと目で見分けられる違いは、額に描かれた花鈿《かでん》の柄くらいだ。

「のう、わしがどうして百花輪の貴妃に選ばれたか、お主らに話したことはあったか？」

水晶妃は、この世の狭間をさ迷っているような、するりと耳に忍び込む声で尋ねる。

「灰麗さまに、溥天のお告げがあったからだと聞いております」

「灰麗さまが皇后にならなければ、この国に災厄が降り注ぐとのお告げであったと聞いております」

「あれは、嘘じゃ」

灰麗は、二人の侍女に向き直る。

侍女たちは面を被っているような感情のない顔を主へと向けていた。だが、実際に驚いていないわけではない。溥天廟の中で、感情を表に出さずに過ごすことが身についているだけだ。

「溥天はわしにこう言った。百花輪の儀の中に、この国に襲い掛かる災厄を払う力を持つ者が現れる。その者を見極めよ、とな。それゆえに、ずっと水晶宮に籠り、他妃のことを観ておった。どの貴妃が力を持つ者か、見抜こうと思っておった」

灰麗は、ふと視線を横に向ける。

そこには、かつて皇帝・兎閣の吉凶を占い、窮地を救ったことでもらった簪がある。

美しい白銀の簪は、棚に飾られたまま、一度も貴妃の頭を飾ったことはない。

「じゃが、わしはこれから、百花皇妃を目指そうと思う。どうやらの——あの男に、惚れたようじゃ。このまま黙ってみているだけというは、少し口惜しい」

二人の侍女は、仮面のような表情のまま、互いに顔を見合わせてから告げた。

「今ごろ、お気づきになったのですか」

「遅すぎますよ、私たちはとっくに知っておりました」

驚きの表情を浮かべたのは、灰麗の方だった。青みがかった瞳を微かに揺らしながら尋ねる。

「恥ずかしいと思わぬか。わしは、かつて溥天廟の巫女であったのじゃぞ」

「人を好きになるのに、なにが恥ずかしいのです。私どもは、今の灰麗さまの方が好きですよ」

「それに、溥天は災厄を払う力のある者を見極めよとおっしゃられただけで、灰麗さまが百花皇妃になってはならぬとは申されていませんよ」

「なるほど。それは、道理じゃな」

二人の侍女に背を押され、灰麗はゆっくりと立ち上がる。